O PRIMEIRO TERÇO

Leia também na Coleção **L&PM** POCKET:

Amor nos tempos de fúria – Lawrence Ferlinghetti
Big Sur – Jack Kerouac
Cartas do Yage – William Burroughs e Allen Ginsberg
De repente acidentes – Carl Solomon
Despertar: uma vida de Buda – Jack Kerouac
Diários de Jack Kerouac (1947-1954) – Jack Kerouac
O gato por dentro – William Burroughs
Geração Beat – Jack Kerouac
Livro dos sonhos – Jack Kerouac
On the road – Jack Kerouac
On the road - O manuscrito original – Jack Kerouac
A queda da América – Allen Ginsberg
Satori em Paris – Jack Kerouac
Os subterrâneos – Jack Kerouac
Tristessa – Jack Kerouac
Uivo – Allen Ginsberg
Um parque de diversões da cabeça – Lawrence Ferlinghetti
Os vagabundos iluminados – Jack Kerouac
Viajante solitário – Jack Kerouac

Neal Cassady

O PRIMEIRO TERÇO

Tradução de *Mauro Sá Rego Costa*

www.lpm.com.br

L&PM POCKET

Coleção **L&PM** POCKET, vol.168

Publicado anteriormente pela L&PM Editores dentro da coleção Olho da Rua.
1ª edição – 1985

Segunda edição: Coleção **L&PM** POCKET em 1999
Esta reimpressão: 2015

Tradução: Mauro Sá Rego Costa
Capa: Ivan Pinheiro Machado sobre foto de Neal Cassady (esq.) e Jack Kerouac (dir.), foto de Carolyn Cassady.
Revisão: Renato Deitos e Luciana H. Balbueno

C343p

Cassady, Neal
O primeiro terço / Neal Cassady; tradução de Mauro Sá Rego Costa.
– 2ª ed. – Porto Alegre: L&PM, 2015.
208 p. ; 18 cm. – (Coleção L&PM POCKET; v. 168)

ISBN 978-85-254-0989-8

1.Ficção norte-americana-ensaios. I.Título. II.Série.

CDD 814
CDU 820(73)-4

Catalogação elaborada por Izabel A. Merlo, CRB 10/329

© 1971 by City Lights Books. Todos os direitos reservados para Neal Cassady.

Todos os direitos desta edição reservados a L&PM Editores
Rua Comendador Coruja, 314, loja 9 – Floresta – 90220-180
Porto Alegre – RS – Brasil / Fone: 51.3225.5777 – Fax: 51.3221-5380

PEDIDOS & DEPTO. COMERCIAL: vendas@lpm.com.br
FALE CONOSCO: info@lpm.com.br
www.lpm.com.br

Impresso no Brasil, 2015

Sumário

Nota / 7
Prólogo / 9

Primeiro terço
    Capítulo 1 / 57
    Capítulo 2 / 103
    Capítulo 3 / 142
    Posfácio / 162

Fragmentos e cartas / 165
Livro um / 177

Nota

Com o passar do tempo (já se foram dez anos desde a primeira publicação) esta autobiografia tem assumido, cada vez mais, o caráter dos textos originais de documentação da vida americana como as cartas dos pioneiros viajando em tropas de carroças para o Oeste há duzentos anos.

Para a juventude televisiva da década de 80, o Oeste em que Cassady cresceu – as bocas-do-lixo, os bairros dos vagabundos, barbearias e ruas marginais de Denver – é tão remoto quanto o da Corrida do Ouro – uma América dos anos 30 que existe hoje somente em esquecidas estações rodoviárias de cidades pequenas e perdidas. A descrição que Cassady faz desse mundo de antes da guerra tem a qualidade de um velho filme mudo – é a quinta-essência da experiência solitária do Oeste daquele tempo – o Vagabundo de Chaplin caminhando em direção ao futuro.

Assim, o relato da existência errante de Cassady torna-se matéria-prima original para o velho mito do Oeste Selvagem, como se ele representasse a última geração dos heróis populares – um protótipo arcaico do "cowboy" urbano que há cem anos seria um nômade fora-da-lei (é como Kerouac o vê em *On the Road*).

Principalmente no prólogo, que foi encontrado há pouco tempo (a história da família Cassady antes que Neal surgisse em cena), temos uma saga americana tão verdadeira e profunda quanto as de Faulkner e Thomas Wolf (com um estilo freqüentemente tão sinuoso quanto o deles), e tão próxima às raízes quanto a de Paul Bunyan. A prosa primitiva, simples, tem um certo encanto singelo; é ao mesmo tempo rude e antiga, muitas vezes confusa e, voltando-se sobre si mesma, como um cara falando sem parar (o que soa como Cassady era, na verdade, mais do que um "escritor" – pessoalmente ele movimentava-se e falava como o Paul Newman acelerado de *The Hustler**).

Portanto, escute sua voz de malandro infatigável enquanto você o lê...

Lawrence Ferlinghetti
Setembro de 1981.

---

* Filme dirigido por Robert Rossen, em 1961. No Brasil, recebeu o título de *Desafio à Corrupção*. (N. E.)

Prólogo

I

Há mais de um século o primeiro Cassady se estabeleceu ao norte do Missouri. Da sua prole, sabe-se que dois dos homens viajaram para o sul do estado de Iowa e ali permaneceram por toda a vida.

Aparentemente, os filhos remanescentes ficaram perto de casa, pois quando acabou a Guerra Civil, havia muitas fazendas na vizinhança onde os Cassady viviam e trabalhavam.

William, o filho mais novo do primeiro Cassady, viveu até tornar-se adulto cuidando da tia-avó em sua casa na vila de Queen, no Missouri. Quando ela morreu, em 1873, o jovem mudou-se para a casa de seu irmão mais velho, Ned, que possuía uma fazenda de bom tamanho perto da cidade de Queen. No sétimo ano de sua estadia na fazenda, William venceu seu irmão numa briga que para este foi fatal.

Ned sempre fora conhecido como tendo um temperamento instável e violento. Falava-se de suas brigas freqüentes com a esposa recém-casada e de vários outros sintomas de cabeça quente. Entre as arestas da sua natureza estava a de espicaçar e exigir muito trabalho de seus ajudantes na colheita. Isto pode ter levado àquela discussão final. William era dócil a ponto de se tornar submisso. Algumas pessoas afirmavam que ele nunca teve um dia de folga e freqüentemente era obrigado a cumprir tarefas desnecessárias, especialmente com tempo ruim. Além disso, Ned nem mesmo permitia que ele comesse na mesa da família, e em geral tratava William como uma pessoa realmente inferior. Outros comentários diziam que ele estava de olho em Cora, a esposa de Ned. Seria William realmente um tipo desprezível e covarde, ao aceitar um tratamento tão abusivo? Mais tarde a comunidade começou a imaginar se a causa da briga não teria sido que Ned, desconfiado, afinal surpreendera os dois juntos, ou se William simplesmente fora maltratado e desrespeitado até o limite quando então deixou explodir sua raiva. A verdade, vista à luz dos eventos subseqüentes, talvez seja uma mistura das duas coisas.

De todo modo, o incidente ocorreu na tarde de 9 de setembro de 1880. Ned tinha quarenta e cinco anos; William, vinte e seis. Eles estavam estocando a alfafa no celeiro. Ned empilhava o feno que William mandava para ele com o forcado. Quando esvaziaram uma carroça, William subiu para o depósito a fim de ajudar Ned a empilhar a alfafa. Foi aí que eles se enfrentaram e lutaram com os forcados. William conseguiu empurrar seu irmão para fora do depósito enfiando os dentes do forcado no seu braço e lado direitos. Ned caiu para trás no ar, bateu na carroça que estava embaixo e quebrou o pescoço. William não se feriu, salvo por pequenos arranhões nas pernas.

Ele foi logo preso e levado a julgamento em Kirksville, a sede do condado. O julgamento teve início em 1º de outubro de 1880 e terminou três dias depois. William alegou legítima defesa como podiam evidenciar suas pernas feridas. Vários vizinhos testemunharam enfaticamente atestando o caráter feroz de Ned e sua brutalidade. A atmosfera geral no tribunal parecia ser a de aprovação do gesto, a de que tinha sido "bem feito". O júri foi instruído para votar em um de três vereditos: assassinato de segundo grau, homicídio acidental ou absolvição. Eles votaram pela absolvição e o juiz, com uma admoestação para que William agradecesse a Deus, encerrou o caso.

Cora tinha um filho de Ned e estava grávida por ocasião de sua morte. Apesar de não haver nenhum registro de casamento entre ela e William, ela lhe deu quatro filhos nos treze anos seguintes. Em 1893, exausta aos 35 anos – pois William nunca admitiu empregados e na realidade forçou-a a uma vida de reclusão –, ela morreu de complicações de parto ao dar à luz o seu sexto filho, Neal.

Quando Cora morreu, William apesar de ainda não ter quarenta anos retirou-se para dentro de si mesmo e passou a viver como um recluso. Tornou-se ainda mais calado e habituou-se a ler a Bíblia em solidão. Em conseqüência, sua fazenda passou a ter ainda menos visitantes do que antes.

Um ano após a morte de sua mãe, o filho mais velho, Ned Jr., rabugento, sombrio e taciturno, sempre proscrito, no seu entender, e tendo em vista a aparente má vontade de seu padrasto, abandonou a casa, no seu décimo quinto aniversário. Nunca mais se ouviu falar dele, nem William fez esforço algum para reencontrá-lo.

Não haveria nenhuma outra mudança na família até 1900. Nesta época Benjamim, com dezoito anos, o segundo mais velho dos cinco restantes, deixou o lar para tornar-se aprendiz de ferreiro. Mais tarde ele se estabeleceu no nordeste do estado.

Em 1903, Roy, então com 17 anos e o único filho a obter uma educação formal, foi para a Faculdade Estadual de Educação de Kirksville. Voltou em 1907 para ensinar na escola próxima e tornou a viver com a família. Neste mesmo ano Eva, a única moça, casou-se com um rapaz de Unionsville, no Missouri, partiu com ele para sua casa e ficou morando lá.

O mais velho desses cinco filhos nunca deixou seu pai, e quando o velho William morreu, em 1917, seu testamento declarava que a fazenda pertenceria unicamente a esse filho. Este fato parecia confirmar a suspeita comum de que o segundo filho de Cora, supostamente de Ned, pois já estava a caminho por ocasião de sua morte, fosse realmente filho de William. O nome escolhido para ele foi William Jr.. William também favorecia bastante o garoto em detrimento dos outros, e quando já estava velho devotava-se excessivamente a ele.

•

Quando Neal era bem pequeno, Eva, sua irmã mais próxima em idade, tomou-se de amores por ele. Com o passar do tempo essa ligação aumentou. Ela cuidou do garoto como fazem muitas irmãs mais velhas, e deve-se assinalar que esse arroubo de amor por seu jovem irmão foi o único sinal claro de afeto jamais visto entre os Cassady. À medida que Neal crescia, eles trabalhavam juntos na fazenda, faziam longas caminhadas e eram realmente inseparáveis. Eva protegia-o o melhor que podia das rudes provocações dos outros garotos, e quando ela se casou e partiu os outros se lançaram sobre Neal com crueldade crescente. A vida tornou-se intolerável, pois ele era continuamente perseguido e maltratado, o alvo desprotegido e agora legítimo, a presa adequada – fácil mesmo – para a brutalidade dos mais velhos.

Em 1909, Neal Cassady estava com 16 anos. Ele media um metro e sessenta e sete e pesava 73 quilos. Manteve essas medidas por toda a vida. Seu torso era alongado com as extremidades mais curtas. Seu rosto era comumente tranqüilo, dotado da bondade dos simples, embora quando zangado essa aparência delicada rapidamente se tornasse expressiva. Olhos azul-claros e uma surpreendente cabeleira castanha completavam a figura. Ele era um excelente corredor e extraordinariamente forte para o seu tamanho. Tinha a mente incansável porém lenta, com muito pouca coisa nela.

Nos tempos em que Roy era estudante, eles perambulavam pelos campos juntos. Desde que Roy tornou-se professor, Neal passou a detestar a escola. Usando a sua recém-adquirida autoridade, Roy era severo com seus alunos, mas com seu irmão, em especial.

Num dia bonito de primavera Roy zombou tanto de Neal na frente da turma que levou o garoto a bater nele. Por causa disso Roy resolveu administrar-lhe uma boa surra com uma vara de salgueiro. Acabado o brutal açoitamento, Neal saiu correndo da sala chorando de humilhação sob as risadas e apupos de seus companheiros de classe. Seus nervos superexcitados aumentaram o medo das conseqüências de seu ato quando ele voltasse para casa. Transpirando muito com o esforço, apavorado com o que podia lhe acontecer em casa, ele vagou pela fazenda. E à medida que ponderava sobre a natureza de seus familiares, começou a convencer-se de que devia seguir os passos de Ned Jr. e fugir da casa desses três homens tão duros e amargos: seu pai, Bill Jr. e Roy.

Neal levou horas andando até Queen City. Passou a noite na casa de um de seus camaradas da escola. Acordando cedo, na manhã de 25 de maio de 1909, ele deixou seu lugar de origem para sempre. Foi procurar sua irmã Eva, pensando nela como seu único refúgio. Unionsville ficava a cinqüenta milhas e ele levou dois dias para chegar lá.

Chegando em Unionsville, foi perguntando e descobriu que George Simpson e sua esposa moravam com os pais dele. Hesitante e embaraçado, Neal procurou a pequena fazenda dos Simpson. Eva, é claro, ficou contente em vê-lo, depois de dois anos sem notícias de casa. Mas apesar disso a tentativa dos dois de recuperar sua antiga relação não foi bem-sucedida, pois Eva estava agora envolvida demais com a vida e as lutas da família Simpson. O marido de Eva, seu irmão Henry e seus pais, John e Sadie Simpson, eram muito pobres. Sua miséria era tão extrema que eles quase não tinham nada de comer para dar a Neal na noite de sua chegada.

A evidência dessa situação desesperadora provocava uma tensão constrangedora que o rapaz só piorava com o seu embaraço. Ao ver a frugalidade a que eram obrigadas aquelas pessoas, ele percebeu, com profunda vergonha, o peso que representava sua presença entre eles.

Apesar de tudo, Neal resolveu ficar. Ansioso para provar que não era um inútil, ele trabalhava sem descanso na fazenda. Por causa desse seu desejo de trabalhar excessivamente ele acabou sofrendo um acidente que representou para ele e para as finanças dos Simpson um golpe arrasador.

Uma noite, à beira da exaustão, ele estava adubando o campo e, ao tentar tirar o resto da carga de uma carroça com um só forte impulso, deslocou uma vértebra da coluna. A vergonha que ele sentiu por causa da conta do médico foi tanta, que ele se permitiu pouco tempo para convalescer e logo voltou ao trabalho. Persistiu estupidamente nas tarefas pesadas, o que agravou o problema das costas e causou um dano permanente a sua coluna.

À medida que o calor do verão aumentava, Neal se convenceu de que os seus esforços em fazer a sua parte pouco tinham ajudado a melhorar a sorte dos Simpson. Ficou claro que ele precisava partir, e tão urgentemente, que ele passava as noites especulando sobre as várias possibilidades. Descartando os projetos da sua fantasia juvenil – como o de ir para o mar – ele decidiu ir para a "cidade grande". Na sua limitada percepção das coisas, sua mente prática só via uma grande cidade para seus projetos – Des Moines, em Iowa.

Uma manhã, depois do café, ele declarou que iria partir. Falando com voz firme, para evitar ou desfazer qualquer protesto, argumentou que a magra colheita poderia ser feita sem a sua ajuda. Eva não fez nenhum esforço para dissuadi-lo. Quando Neal agradeceu aos Simpsons por sua generosidade, eles lhe responderam convidando-o a voltar sempre que quisesse. Ele os deixou num domingo, no fim do verão de 1909, tomando a direção do norte.

Para essa viagem – por volta de cem milhas – ele levou um lanche, um par de calças, uma camisa, meias e quase mais nada. Em sua primeira aventura por sua própria conta ele não levava nenhum dinheiro. Pela segunda vez em sua vida procurou um confortável monte de feno para passar a noite. Na tarde do dia seguinte, encontrou uma família indo para Des Moines de carroça. Com a chegada da noite insistiram para que ele aceitasse uma coberta. Viajando desse modo, o grupo chegou à cidade sem contratempos. Neal separou-se deles e foi imediatamente para os armazéns procurar emprego.

Chegou lá num momento oportuno: uma grande partida de gado acabara de desembarcar e ele foi contratado para ajudar na alimentação e aguada das reses. A fraqueza de suas costas aumentava com o esforço do trabalho. O capataz, vendo a dificuldade de Neal em terminar cada dia, designou-o para uma tarefa mais leve. Mais tarde, no outono daquele ano, ele foi transferido para a seção de empacotamento. Trabalhou ao todo uns oito meses nos armazéns.

Depois de conseguir emprego, foi fácil achar um lugar para morar pelas redondezas. Ele não tinha bagagem, e por isso teve que agüentar uma longa inquisição da enorme proprietária. Finalmente, ela decidiu que podia se arriscar com ele. A pensão, como costuma acontecer com as pensões, era tão grande quanto sua dona. A mulher pesava uns cento e vinte quilos. A pensão tinha vinte ou mais quartos. A mulher, de nome Anne Stubbins, vivera toda a sua vida ali naquela casa, que era chamada de Ken's Gables. O pai de Anne, Kenneth Stubbins, a construíra e Anne nascera nela. Na sua cabeça, ela e a pensão eram inseparáveis. Falava sempre "eu e Gables".

Neal presenciou pela primeira vez essa atitude curiosa numa de suas primeiras noites ali. Ele estava descansando na sala de visitas e ficou surpreso ao ouvir Anne dizer para outro morador, "Gables está ficando mais velha a cada dia que passa. Eu cuido dela o tempo todo, mas não adianta. Eu me viro e ela zomba de mim. A velha patife está sempre soltando uma tábua, um forro ou qualquer coisa. Ora, você sabe, não ficaria surpresa se ela desabasse a varanda um dia desses... a da frente, de preferência". Anne nunca se casara e a casa era seu marido. Toda noite era assim, "Gables e eu estamos cansadas hoje, vamos cedo para a cama", ou então "Essa Gables, a velha marota, ela vai me matar. Fiquei acordada toda a noite passada com seus estalos e gemidos. Eu juro que uma noite dessas o teto ainda vai desabar em cima da minha cama, você acredita?"

Neal hospedou-se ali durante todo o tempo em que trabalhou nos armazéns. E mesmo depois que se mudou vinha de vez em quando visitar "Mãe Anne" que era como ele passou a chamá-la. Depois de se queixar durante anos de Gables, ela morreu de um ataque do coração quando a varanda da frente finalmente desabou.

Era novamente primavera. Neal estava longe de casa havia um ano, já. Ele não fez amigos neste primeiro ano, pois tinha a timidez de um rapaz do interior numa cidade estranha. Não tinha tempo para divertimentos, ficava tão cansado no fim do longo dia de trabalho que não havia como querer outra coisa. Assim ele economizou dinheiro. Comprou roupas, mandou algum dinheiro para Eva e estava no melhor humor em que jamais estivera. Sendo ainda inocente, ele era feliz.

Neal perdeu o emprego no princípio de 1910, em função da diminuição da demanda nos armazéns de gado. Isso não o desagradou. Era primavera, o tempo estava bonito e ele aproveitou para vagabundear um pouco. Levantava-se tarde, tomava um lauto café-da-manhã, e ia para um parque no centro da cidade, onde passava o dia. Esse parque tornou-se seu habitat, um vagabundo de banco de praça aos 17 anos. Ele adorava ficar ali, olhando as pessoas que passavam sem pressa; conversava com os outros sujeitos sentados nos bancos, dava comida aos pombos e implicava com os esquilos. Apesar de ter uma séria inclinação para isso, ele ainda não especulava muito sobre a vida. Havia muito pouca preocupação em sua jovem cabeça.

Um dia, em que estava usando o tempo dessa forma, Neal foi abordado por um senhor de mais idade. A sua cabeça prateada e sua face vermelha e carrancuda contrastavam comicamente com os olhos salientes e castanhos protegidos por trás dos óculos e enfatizavam sua vestimenta toda negra e impecável apesar dele não usar chapéu. O velho apresentou-se rapidamente, com sua voz fraca, piscando, num constrangimento cortês, e começaram a conversar.

Tratava-se de Roolfe Schwartz, um alemão delicado e de espírito antiquado cuja vida tinha se tornado muito solitária. Não tinha família e sentindo-se mais fraco com o passar do tempo, procurava um aprendiz, um sócio. Nos vôos de suas fantasias de velho ele aspirava por um filho, um herdeiro para sua pequena barbearia. Essas considerações ocupavam a mente de Roolfe enquanto ele conversava com Neal. Na verdade, foram elas que o levaram a sentar-se ao lado do rapaz. Ele manipulou tão bem a instantânea compatibilidade que surgiu entre os dois, que Neal naquele dia mesmo concordou em aprender o ofício de barbeiro com o velho alemão. Seguindo o que combinaram, ele mudou-se com suas coisas para os fundos da loja de Schwartz, fazendo a exigência de poder visitar Mãe Anne aos domingos. Com fervoroso prazer, Schwartz começou o período de treinamento. Apesar de uma vida inteira como barbeiro ter enfraquecido a sua vista a ponto de estar quase cego, ele ainda tinha um toque especial. Ensinou Neal com magistral intensidade e o rapaz respondeu com o mesmo ímpeto e seriedade. Chegou o dia em que Neal já dominava completamente as sutilezas do ofício e Schwartz, com os olhos lacrimejando mais do que o usual, abraçou o jovem, chamando-o "filho" e disse-lhe que estava agora mais capacitado do que ele próprio.

Eles viveram juntos, em completa harmonia, por mais de sete anos. De seu encontro na primavera de 1910 à sua separação no outono de 1917, as únicas mudanças em sua vida em comum foram imperceptíveis e devidas ao avanço da idade. Durante esses anos Neal fez a maior parte do trabalho da barbearia. Schwartz só ajudava ocasionalmente nos sábados de muito movimento. Ele mantinha sua mão treinada com dois ou três fregueses que insistiam de modo amistoso, "o velho ainda é o danado do melhor barbeiro por estas bandas". Era uma vida pacífica e na sua regularidade Neal quase esquecia que conhecera alguma outra.

Em 1914, Neal tinha vinte e um anos e ainda não conhecera uma mulher. Não havia nenhuma razão definida para isso, ele estava em Des Moines há cinco anos e tivera várias chances de começar um relacionamento com alguma das garotas da localidade. Ele não era mais tão encabulado. Seu comportamento era normal e simples e mesmo efusivo, naqueles momentos de excitação, que transformavam suas feições delicadas num expressivo rubor, possuindo uma simpatia contagiante, e a falta de companhias femininas era motivo de curiosidade para os poucos que o conheciam. Ele simplesmente não estava interessado.

No entanto, nesse ano do começo da Guerra Mundial, ele encontrou uma garota por quem começou a se interessar. Ele já a vira antes; ela vivia no mesmo quarteirão da pensão, mas não houvera chance para uma apresentação formal, até o domingo em que ele veio visitar sua antiga senhoria. O nome da moça era Gertrude Wolmer, a única filha de uma família alemã da vizinhança. Ela trouxera alguma coisa tricotada como presente de aniversário para Mãe Anne e fora obrigada a ficar e ouvir docilmente as últimas notícias sobre seu único assunto. Ao se sentarem na varanda ouvindo o elaborado solilóquio da velha senhora, Neal e Gertrude trocavam olhares de soslaio. Ele acompanhou Gertrude até sua casa e conheceu seus pais. Depois disso, com a aprovação de Roolfe – especialmente pelos pais da moça –, tornou-se freqüentador assíduo de sua casa.

Em meados de 1917 a América entrou na Guerra. Tomado de patriotismo, com um idealismo intenso, Neal insistiu em se alistar, mas Schwartz não queria permitir. Pela primeira vez eles discutiram violentamente.

Roolfe Schwartz era um homem sábio e cauteloso que conhecia muitos dos segredos do amor do velho mundo. A maneira com que o velho barbeiro mantinha Neal satisfeito era mantendo-o inocente, contendo-o quando possível e dirigindo-o quando necessário. Na época em que se conheceram no parque, ele encontrou um garoto simples, seriamente ingênuo. Schwartz, com a sua perspicácia, manteve-o desse jeito. Elogiava a rapidez e a habilidade do jovem em "conquistar" as artes de um barbeiro, dirigindo-o sutilmente com bons estímulos e assim harmonizava a sua vida em comum – com a sabedoria egoísta de uma mãe dominadora e paciente. Assim, ele conseguira não só manter Neal próximo de si durante esses sete anos, como sabia também que a mente de Neal não era inquieta. Ele ainda não fizera à vida mais perguntas que aquelas para as quais já tinha respostas na época em que encontrou Schwartz aos 17 anos. Tal era sua ingenuidade nesse momento que sua cabeça de 24 anos se recusava a acreditar que não era só pelo fato de Schwartz ser alemão que ele protestara. Neal achava, com a imaturidade da juventude, que Schwartz tinha que saber que não havia razões pessoais que o impedissem de ir para o exército.

Schwartz foi obrigado a ir aos fatos para esclarecer suas razões e abrir os olhos de Neal. Se até o momento ele havia escondido engenhosamente seu medo de ser abandonado, agora deixava aparecer a verdade. Neal foi iniciado na sua solidão e a confusão resultante do choque emocional deixou-o interiormente em suspenso. Exteriormente, a força do hábito favoreceu sua aquiescência, e por um tempo Schwartz saiu vitorioso. Assim, Neal ficou; a vida continuou como antes: o trabalho na barbearia, os interlúdios com Gertrude, as visitas à Mamãe Anne para assistir sua loucura. Agora lhe parecia que ele não tinha muito mais do que isso. Enquanto Schwartz vencera a discussão sobre a guerra, Neal ficara sabendo de um novo universo da personalidade que ele desconhecia completamente até então. Ele descobriu que era livre para olhar em torno de si para as distrações do mundo e, com toda a sua simplicidade, ficou tão excitado pelas perspectivas que essa nova atitude lhe permitia que sua inquietação diária tornou-se ainda maior. Schwartz suspeitava, mas relutava em aliviar o seu tédio inquieto pois isto iria mudar a ordem das coisas, e Neal com a sua nova idéia de liberdade poderia adquirir uma superioridade sobre ele, fazer alguma loucura, ou até mesmo deixá-lo. Neal não encontrava nenhuma saída e sua animosidade crescia. Mas uma crise final foi evitada quando, subitamente, ele foi chamado na segunda mobilização e entrou para o exército.

•

A vida no exército acabou por despertar Neal; em contato com homens mais maduros, ele compreendeu melhor quão pouco havia feito nos seus anos de vida. Seus companheiros de caserna tornaram-se o foco central de sua admiração, e sob essa influência ele mudava muitos dos seus hábitos. Antes do recrutamento ele nunca fumara ou bebera; agora ele começava a fazer ambas as coisas. Descobriu a existência de prostitutas e em pouco tempo contraiu uma doença da qual elas são portadoras. Em contraste com a sua atitude inocente e de auto-sacrifício no início da guerra, ele agora não dava a mínima para nada e transformava-se num mau soldado.

Jim Trent foi a pessoa de sua turma a quem ele mais se ligou. Jim viera do desértico estado do Arizona onde seus pais foram exploradores de minérios até morrerem num desabamento de uma pequena mina cavada por eles. A mente infantil de Jim entrou num estado de suspensão em conseqüência dessa perda fatal, e após ter vivido os seus primeiros dez anos ao ar livre teve que se acostumar subitamente a outro tipo de ambiente, pois foi levado para morar com uma tia, que ele não conhecia, e que vivia em Kansas City. Ele foi educado por tutores particulares até a entrada para a universidade do Estado de Missouri. Formou-se em jornalismo e após a graduação conseguiu um emprego como repórter no Kansas City Star. Quando estourou a guerra, ele demitiu-se e alistou-se sob os protestos de sua tia, que o deserdou imediatamente. Trent era um jovem atrevido e cínico e o seu ressentimento pela perda da sua herança servia para acrescentar mais maldade a seu caráter. A sua atitude para com a vida em geral era mais a de um esnobe tentando superar seu desajustamento, afetando uma altivez entendiada, e isto fazia com que quase ninguém gostasse dele e no exército ele foi logo marginalizado. Mas Neal, o jovem simples do interior, o adorava cegamente e, de um conhecimento casual, sua relação tornou-se para Neal uma estreita amizade. Sua união tinha a marca do desespero, pois os dois eram revoltados e, criticando todo o tempo o exército, tornaram-se um par de insolentes cada vez menos razoáveis.

A partida do navio em que Neal iria para a Europa foi marcada para meados de novembro de 1918, mas o Armistício suspendeu a viagem. Esse fato inesperado, apesar de muito desejado, foi recebido por todos com grande alegria como uma salvação no último minuto – menos por Neal que se sentiu tapeado. Nos seus preparativos para enfrentar a Luta e a Morte, ele usava as estórias grandiosas de Trent para ajudá-lo a superar o medo. Este anticlímax atrapalhou seus planos de utilizar o combate como forma de comprovar a validade de seu método para atingir uma coragem ainda idealizada. Ou seja, por algum ato heróico, ele seria recompensado e tudo ficaria bem. Mas agora ele não tinha desculpa para tudo que fizera enquanto estava a serviço do governo e o remorso se abateu sobre ele.

Neal foi desmobilizado em janeiro de 1919 com dispensa honrosa. Trent também foi dispensado e os dois viajaram de trem para Kansas City. Hospedaram-se num bom hotel e em algumas semanas gastaram todas as suas economias. Como dois garotos libertados de um confinamento, eles mergulharam num estado de excitação contínua em busca dos prazeres que tinham se prometido quando deixassem o exército. Antes mesmo que o dinheiro acabasse, Neal estava farto da vida noturna, mas o limite para a exuberância libertina não tinha sido atingido, e ele pedia emprestado grandes somas a seus velhos amigos para manter a luxuosa rotina dos dois. Finalmente, saturado, Neal deixou Trent com os seus destroços e voltou para Schwartz em Des Moines.

Mais uma vez ele tomou as rédeas da barbearia, mas o negócio tinha decaído, pois, na ausência de Neal, Schwartz tornara-se senil. Desconcertado com esse fato, depois de tudo que tinha vivido ultimamente, Neal começou a desprezar Roolfe. Sua antipatia crescia a cada babada do velho e a sua incessante e alegre tagarelice. Schwartz ficava olhando por cima do seu ombro enquanto ele atendia os fregueses dando risinhos nos seus ouvidos, dando tapinhas nos seus braços e fazendo festinhas na sua cabeça e suas costas. Pior do que isso, as coisas que ele dizia não tinham nenhum sentido. O confronto diário com ele, a visão do homem na sua decadência perturbavam tanto a Neal que ele freqüentemente fechava a loja e ia se deitar queixando-se do estômago. Um dia Schwartz também deitou-se em sua cama e lá se deixou ficar como um inválido. Desejando partir mas sentindo-se obrigado a ficar com o velho, Neal estava à beira de um esgotamento nervoso. Com o passar do tempo, seu sentimento de confusão chegou a níveis assustadores e ele foi perdendo a compaixão. Finalmente decidiu-se, quando soube que a Companhia de Seguros de Vida Ottumwa estava precisando de vendedores. Sem se despedir, enquanto Schwartz dormia, Neal abandonou seu pai adotivo à própria sorte. Perturbado e apreensivo, ele fez a pequena viagem para Ottumwa buscando vagamente iniciar uma nova vida em um gênero de trabalho que não conhecia. Ele havia ficado em Des Moines apenas alguns meses.

A Cia. de Seguros de Ottumwa servia principalmente aos moradores da zona rural. A área de trabalho de Neal era a da fronteira entre o sul do estado de Iowa e o norte do Missouri. Mergulhado no seu solo natal, lidando com pessoas do seu tipo, gente com o mesmo tipo de cabeça séria e cuidadosa, ele se saiu bem na venda de seguros, apesar do espectro que lhe assombrava o sono. No último dia de março de 1920, foi promovido a vendedor veterano, podendo representar a companhia sozinho (os *juniors* trabalhavam em grupos). Comprou seu primeiro automóvel, um Ford modelo T. Num desmoronamento, na primavera deste ano, ele acabou com o carro, tentando transpor uma vala de um metro com ele. E como se fosse para afatar-se mais ainda de Schwartz, já que agora não tinha mais carro, Neal aceitou um oferecimento para trabalhar numa nova filial da firma em Kansas City.

Em Kansas, não se passaram muitas horas antes que ele topasse com James Trent bebendo em uma taverna do centro. Alcoolicamente entusiasmados com o seu encontro, eles se cumprimentaram com forte emoção. O contentamento de Jim foi tanto que insistiu em hospedar permanentemente Neal no palacete de sua tia.

A sociedade de Kansas orgulhava-se de Genevieve Connelly Whitaker. Seu pai, Osgood Maynard Connelly, fora o herdeiro da milionária família Connelly de banqueiros. Seu falecido marido fundara a maior indústria de carne enlatada a oeste de Chicago e deixara uma imensa fortuna. Genevieve era a personificação da viúva sobrecarregada com as responsabilidades da riqueza. A filantropia, a moda e os acontecimentos sociais da elite eram as suas principais preocupações. Havia também o problema do filho único de sua irmã, James Trent. Mesmo tendo se aborrecido quando ele se alistou no exército, lembrando-se dos sentimentos de culpa que sofreu por sua segurança, ela amoleceu quando ele voltou, e o fez retornar à sua posição privilegiada.

Neal foi levado pelo turbilhão de acontecimentos sociais que tinham seu centro na mansão Whitaker. Ele se viu carregado subitamente pelas solicitações de um modo de vida ainda mais distante de sua natureza do que o do exército. Outra complicação era que Jim Trent era o cabeça de um grupo de ferozes pequenos esnobes. Este grupo logo rejeitou o matuto Neal. Perplexo, Neal era defendido de seus escárnios pelo jovial Jim. Mas este, depois que passou o entusiasmo inicial, e novas diversões apareceram, perdeu seu interesse e desistiu de se preocupar com isso. Segregado, Neal sentia-se como se estivesse em exibição, uma curiosidade a ser olhada quando não havia nada melhor para fazer. Ninguém nunca havia zombado dele desse modo e essa experiência era humilhante. Furioso com a pretensão deste povo da cidade, mas sentindo-se ainda reverente, o ingênuo rapaz do campo tornava-se mais e mais mergulhado em paranóia e autocomiseração.

Seu trabalho foi prejudicado, pois o fato de não precisar pagar sua estadia retirou a pressão de ter que ganhar para o seu sustento. Ele tinha medo mesmo de lidar com velhos clientes temendo que fizessem reclamações contra ele por uma razão ou outra. Considerando-se incapaz de vender qualquer coisa naquele momento e vendo seus registros de venda decaírem rapidamente, ele começou a faltar ao trabalho dias seguidos e acabou por abandoná-lo definitivamente.

Fechado em seu quarto semanas seguidas ele evitava Jim, que podia ocasionalmente estranhar o comportamento de Neal, mas parava por aí. Genevieve, é claro, não tinha nenhuma idéia do número de pessoas hospedadas em sua casa; havia um enorme movimento de hóspedes chegando e saindo, e freqüentemente carregando-a com eles por longos períodos em algum evento especial. Ela prestava pouca atenção àqueles de origem mais humilde, de qualquer modo, e assim a ausência de Neal não era notada quando ele se retirava para seu esconderijo.

Sozinho em seu quarto, Neal dedicava a maior parte do tempo a consumir a bebida facilmente disponível. Sobrepujando o sentimento de fracasso em encontrar um lugar adequado no mundo de Trent, estava o crescente reconhecimento da culpa por ter abandonado Des Moines como ele o fizera. Neal passava longas horas em ansiedade, recriando em sua mente bêbada sua covarde separação de Schwartz. Cada vez que ele lembrava a noite da partida era atingido por uma vergonha e um remorso que queimavam, e as emoções desse curto e desagradável período com Schwartz reapareciam em sua memória. Somando-se a isso estava a confusão criada pela sua inabilidade em manter o emprego e o sentimento de irresponsabilidade por tê-lo sacrificado. Sua inadequação à alta sociedade – quando ele se sentia inclinado a misturar isso aos seus outros pensamentos – engendrava o reconhecimento de que essas pessoas endurecidas tinham-no feito de novo sentir as emoções adormecidas de inferioridade e raiva sem saída que ele conhecera em sua adolescência, quando Eva deixou a casa paterna e seus irmãos mais velhos eram tão cruéis. Nessa angustiante condição, com tais pensamentos como única ocupação, ele não demorou muito a perceber que sua posição nessa casa era insustentável, para não dizer ridícula. Mas a quantidade de bebida que ele consumia diariamente criava uma inércia que mantinha em suspenso qualquer intenção de mudança.

Na noite do terceiro dia da celebração da chegada do ano de 1921, Neal, afinal, despertou de seu estupor e mergulhou num discurso insano contra tudo na vida.

Sentindo-se acuado, Trent reagiu com sorrisos desdenhosos que estimularam os zurros mais barulhentos de sua tropa de burros e Neal rápida e decididamente deixou aquela casa. Fora, na fria impessoalidade da rica vizinhança, sua ira foi sendo gradualmente substituída por renovadas ondas de contrição pelo que ele havia feito a Schwartz; lágrimas tão sentidas lhe vieram ao rosto que ele saiu cego e descuidado em direção à estrada.

Com muito pouco dinheiro ele foi forçado a pegar várias caronas até Des Moines, e quanto mais lentos eram os veículos que o transportavam – mais pareciam carroças do que automóveis – mais rapidamente crescia sua irritação. Ele rogava com forte emoção para que Schwartz ainda estivesse vivo.

Já havia se passado quase um ano desde que Neal o abandonara inválido.

Há uma experiência que se tem poucas vezes na vida e que se concentra naqueles segundos de antecipação antes que seja dada a resposta a uma pergunta que cresceu tanto em importância que parece determinar o destino de uma pessoa irrevogavelmente. Esses momentos de tensão – olhos arregalados, boca aberta, respiração suspensa, a garganta apertada e a mente a todo vapor – foram sentidos pela primeira vez por Neal quando seguia quase correndo pelo caminho tão familiar que levava até a barbearia.

A loja estava às escuras; fechada há muito tempo, com as cortinas desbotadas cerradas por trás dos vidros sujos das janelas. Notando a sujeira incrustada nas vidraças ele tentou abrir a porta, mas estava trancada. Então procurou em volta da casa algum lugar por onde pudesse entrar, mas não encontrou nenhum. Sem se preocupar com as restrições da lei, quebrou o vidro de uma janela, enfiou-se pela abertura para dentro da loja e dirigiu-se para o lado onde ficavam os quartos. Um rápido olhar confirmou que não havia movimento por ali fazia um bom tempo. Passou a alguma distância da última cadeira de barbeiro, coberta, como as outras duas, por um lençol de linho listrado colocado cuidadosamente, e foi para a porta da parede divisória entre os dois cômodos. Também estava trancada, mas a divisória não ia até o teto. Ele içou-se sobre a parede e pulou para o chão do outro lado, encontrando-se outra vez no lugar onde havia dormido mais de duas mil e setecentas noites.

O que notou primeiro foi a cama arrumada e coberta de poeira. Numa prateleira do outro lado do quarto estava o fogareiro de duas bocas que era usado para cozinhar, agora sem uso. No meio da outra parede ficava o armário que ele mesmo construíra anos atrás usando tábuas de seis por vinte, de restos de serraria. Não havia roupas penduradas nele e a cortina que era usada como porta não estava mais lá. À exceção de uma banheira e o toalete escondidos num canto, o quarto não tinha outros elementos. Ele sentou-se na cama com pensamentos sombrios, as narinas dilatadas, detectando o cheiro de pobreza que permeava o ar abafado.

Subitamente foi despertado de seu melancólico devaneio por uma luz focada em seus olhos. De algum modo, passando pela porta da frente e a divisória, o policial de plantão entrara com extraordinária destreza.

Neal estava tão absorto no seu desespero que não conseguira ouvir nenhum ruído. De qualquer maneira, o policial estava ali na sua frente com a lanterna e o revólver nas mãos.

"De pé, cara pra parede, ponha suas mãos nela – mais para o alto, acima de sua cabeça," ele gritou. Enquanto revistava Neal, perguntava seu nome, e o que estava fazendo ali, coisas assim. Não encontrando uma arma escondida, o tira levou-o para fora para melhor interrogá-lo. A reação apática de Neal a esta intervenção violenta aumentou, de alguma forma, as suspeitas do guarda. Como o posto policial fosse perto, e considerando a possibilidade de uma malandragem, ele levou Neal a pé até lá para checar melhor a sua estória.

Finalmente, Neal conseguiu lembrar o nome de um antigo freguês e telefonou para ele que veio ao posto policial confirmar que Neal tinha o direito de arrombar e entrar na barbearia de Schwartz. O chefe dos detetives ficou satisfeito com a explicação de Neal e o deixou ir sem maiores dificuldades.

Enquanto saíam da delegacia juntos, o tal freguês (que Neal lembrava como sendo fanático por massagem facial) contou-lhe que um mendigo mau-caráter chamado John Harper tomara conta de Schwartz até a sua morte algumas semanas atrás. Ter a confirmação da morte de Schwartz, que ele já previra, dessa forma pouco usual, não lhe trouxe nenhuma imediata reação de pesar, nem as outras notícias o surpreenderam. Pelo contrário, Neal se sentiu inexplicavelmente comovido pela possibilidade inesperada de falar com a pessoa que cuidou de Schwartz e, depois de perguntar ansioso por seu endereço, teve clareza suficiente para agradecer ao antigo freguês pela ajuda e apertar excessivamente a mão do homem assustado antes de deixá-lo, apressado.

Neal foi quase correndo até o lugar onde morava o mendigo John Harper, num depósito de lixo na periferia da cidade e, chegando lá, parou apreensivo junto às primeiras quatro ou cinco choças num vale no meio de montes de sujeira. Bateu na porta e apareceu um rosto murcho que congelou-se em fuga, com o auxílio dos olhos vazios, propositalmente não-entendedores, e que atingiram Neal como os de um louco miserável, lembrando-lhe o personagem de um dos poucos livros que lera: "Silas Marner". Uma voz profunda, vinda do fundo do peito, passou pelas gengivas sem dentes e pelos lábios contorcidos – "Lá na frente".

De todos os absurdos arquitetônicos erigidos nesse lugar de refugos da terra, o dele era talvez o melhor exemplo de um quase-nada utilizado como casa. Caixotes de vários tipos, de folhas de metal, de placas de gesso e inúmeros outros gêneros de sucata catados no lixo formavam os elementos dessa loucura. À frente da cabana um pequeno *terrier* latia o mais alto que podia e cavava o chão coberto de neve até onde a sua corrente lhe permitia. Seu barulho diminuiu e depois cessou de todo, quando Harper se espreguiçou lá dentro e gritou por silêncio. O cachorro calou-se e ele falou de novo, "Entre".

Neal tirou o chapéu e se abaixou para conseguir passar pela entrada. Harper jogou os pés no chão coberto de pano de cânhamo e sentou-se na cama de lona. Ao ver Neal parado com o chapéu na mão, ele meio entendeu isso como um sinal de respeito. "Estamos sozinhos" disse, depois parou seus olhos fixos num Neal aturdido. "Você pode deixar seu chapéu na mesa." Indicou uma caixa grande emborcada com uma vela acesa bem no meio. Neal, ao invés de fazer isso, aliás, mal percebia o que estava sendo dito, e começou a fazer perguntas excitadamente a Harper. Todas as coisas que ele havia imaginado, tudo que ele achava que devia saber era perguntado em frases confusas quase sem pausa para respirar. Quando Harper o interrompeu para responder, Neal rapidamente começou de novo, e então Harper sentou-se imóvel olhando com olhos surpresos até que ele terminasse. Neal acabou seu apaixonado discurso com exclamações de autocondenação pelo seu abandono de Schwartz, e numa agonia de culpa, caiu sobre o leito ao lado de Harper, implorando-lhe que falasse. Por um momento fez-se silêncio no cômodo superaquecido. Um fogareiro de óleo produzia nuvens de pesada fumaça negra.

Apesar de surpreendido, Harper não ficou assustado com a manifestação neurótica da emoção de Neal e sabidamente decidiu ignorá-la, concentrando-se nos aspectos mais simples. Ele sentiu que o que esse homem perturbado mais queria era isso: algo concreto que carregasse suas fantasias para longe. Então falou dos fatos da forma mais simples com toda a dignidade que conseguiu demonstrar.

"Eu havia ido à cidade para buscar sobras de carne para o Buggyboy, quando passei pela sua barbearia e o ouvi chamando. Aí eu entrei, e lá estava ele na cama lá nos fundos. Ele agarrou meu braço quando eu entrei e perguntou onde você estava. Comecei a dizer-lhe que eu estava só passando por ali e não conhecia você, mas ele não prestava atenção, só continuava gritando por você. Aí eu decidi ficar e tentar acalmá-lo. Bem, eu consegui dar-lhe um pouco de sopa que havia e ele melhorou logo. Começou a conversar comigo um pouco mais sensatamente e eu fiquei bastante tempo, até que lhe disse que voltaria no outro dia pela manhã e saí para levar a carne para o meu cachorro.

"E fui vê-lo regularmente por uma semana ou mais, e depois disso ele começou a insistir para que eu ficasse também à noite, então depois eu fiquei. Passaram-se dois meses, e já que ele não podia trabalhar e a barbearia estava fechada eu até vivi do dinheiro dele. Mas não costumávamos conversar muito e eu achava que isso o ajudava. Depois de um tempo, no entanto, ele piorou bastante, até que dificilmente abria os olhos por dias seguidos e parou de conversar. Eu suponho que ele sabia que você o deixara de vez. De qualquer modo, ele morreu uns poucos dias depois – cerca de um mês atrás, eu acho."

Neal deixou o barraco do mendigo nessa noite mais nauseado do que o usual para o seu estômago delicado. Ele atribuiu isso à fumaça de querosene nas suas narinas, em vez de diagnosticar os sintomas de suas entranhas como um dilaceramento da alma ou uma tortura freudiana. Ele nunca mais viu Harper.

Neal reabriu a barbearia por algumas semanas e logo a vendeu sem remorso quando recebeu uma oferta muito boa. Logo depois, já que a loja e alguns equipamentos fora tudo que Schwartz deixara, quando a primavera chegou, Neal caiu numa inatividade completa e retornou sisudo ao banco do parque. Encontrava uma espécie de paz em rememorar o passado e passava dias inteiros ruminando sobre os seus 28 anos; os prazeres de pensar sentado aumentaram tanto que o verão veio e se foi e mesmo o outono passou sem mudança na sua rotina. Ele levava essa vida irregular sem amigos ou companheiros, morando num pequeno hotel, comendo sempre em horas estranhas num café barato que ficava ao lado. No parque, sentado sozinho com esquilos como companhia, e encasacado até as orelhas por causa do frio, continuava seu infinito mergulho em si mesmo.

É claro que, vivendo dessa forma masoquista, ele adquiriu uma certa paciência e desenvolveu uma couraça de indiferença que não permitia que nada quebrasse seu equilíbrio. Ele gostava de acreditar que as explosões tinham se acabado e ele pretendia ficar livre de qualquer perturbação emocional reprimindo as extravagâncias. Fumava tabaco Bull Durham, não desejava nenhum conforto e gastava muito pouco dinheiro. Mas apesar do dinheiro da venda da barbearia estar inegavelmente diminuindo, ele não fazia nenhum esforço para conseguir mais. De fato, esperou até ficar inteiramente duro. E depois de ter gasto os últimos centavos no café-da-manhã, simplesmente entrou na melhor barbearia da cidade para pedir emprego e foi contratado no ato. Não havia surpresa nem gratidão em seu rosto.

Trabalhando quatro anos nesse emprego ele nunca faltou um dia, exceto numa ocasião durante o verão de 1924. Retomou seu antigo hábito de beber, porém restrito exclusivamente às noites de sábado.

Num desses sábados ficou excepcionalmente bêbado depois de um dia cheio cortando o cabelo e fazendo a barba de muitos homens, o que representava longas horas em pé num calor opressivo, e que o deixava com os pés doendo e as costas enfraquecidas. Tarde da noite, cambaleando pelas ruas de Des Moines, sua mente enevoada lembrou de alguma coisa na loja que ele achou que precisava naquela hora, assim, num impulso de bêbado, deslizou pelo beco atrás do prédio, procurando suas chaves até alcançar a porta dos fundos da loja. Neste momento, quando se inclinava para achar a fechadura, foi abordado por um guarda noturno que lhe deu um empurrão.

Este ilustre elemento não hesitou tempo suficiente para que Neal balbuciasse alguma explicação com a língua enrolada e deu-lhe um murro no meio e pouco abaixo dos olhos meio-cegos de bêbado, sendo o golpe brutal reforçado por uma nova e brilhante soqueira enfiada nos dedos, provavelmente em seu primeiro teste de eficiência.

Para completar, o sargento na delegacia era o mesmo que autuara Neal três anos antes. Este oficial notável lembrou-se da tendência de Neal em invadir as barbearias da cidade, e resolveu investigar o fato de Schwartz ter deixado a loja de herança para ele, como também realizou cuidadoso inquérito sobre o novo incidente. Naturalmente nenhum inquérito foi feito sobre a inconveniência do comportamento do policial assim como nenhum cuidado foi tomado em relação à continuação do uso de seu novo brinquedo. Talvez ele tenha sido cumprimentado por seus colegas por sua diligente vigilância. De qualquer forma, Neal, a vítima, foi libertado na tarde da segunda-feira seguinte. Ele não se preocupou em refazer seu septo nasal desviado, mantendo-se indiferente ao problema. Foi assim que seu nariz ficou torto para o resto da vida.

Por estranho que pareça, encarado em sua lógica superficial, esta demolição de seu nariz serviu para arrancá-lo de sua concha. A partir daí, ele se tornou mais amigável com os colegas de trabalho e com os clientes e começou a prestar mais atenção à sua roupa. Tornou-se mesmo tão gregário que passou a ser uma paixão conversar com todo mundo. Todo o seu tempo de folga era absorvido em reuniões sociais, dos jogos de beisebol e jogos de pôquer a concertos de bandas ou sábados dançantes. Este comportamento tornou-se habitual e ganhou forma e dignidade quando Neal persuadiu um de seus fregueses regulares, instrutor de golfe da cidade, a apresentá-lo como membro do Golfe Clube de Des Moines. O fracasso com os Trent em Kansas City parecia esquecido ou significava muito pouco para ele agora; era como se estivesse tentando provar alguma coisa para si próprio. De qualquer forma sua vida social expandiu-se largamente, e se alguém quiser apontar o período na vida de Neal mais equilibrado e satisfatório, escolherá o deste ano ou ano e meio após a demolição de seu nariz. Ele estava literalmente no auge máximo e feliz como jamais estivera. Através do cultivo da alta ou quase alta sociedade e sendo aceito na escala mais baixa dessa elite, ele fez muitos conhecimentos e mesmo alguns poucos amigos. Em pouco tempo, cortava os cabelos e barbeava muitos homens importantes, mais do que qualquer outro barbeiro da cidade. Em função disso, quando morreu o chefe da barbearia, ele tomou o seu lugar. Essa meteórica ascensão teve seu clímax com sua indicação para gerente da barbearia de dez cadeiras no começo de 1925.

A satisfação que ele sentiu poderia sobrepujar completamente algo que nunca parecera tão importante para ele – os prazeres do amor. Mas evidentemente não foi assim, e a participação numa vida mais normal despertou-o para o desejo de companhia feminina. Em trinta e dois anos de vida, lá pelo final deste ano que completava a marca do primeiro quarto do século vinte, Neal casou-se com sua única esposa, Maude Jean Scheuer.

II

No final do outono de 1869, aportou na baía de Nova York uma escuna, a "Giesenstadt", propriedade do governo alemão e viajando sob a bandeira alemã. Enquanto eram feitas as amarras, o mais jovem membro da tripulação compartilhava a excitação de seus companheiros pela curta folga permitida enquanto a carga era desembarcada, mas sua excitação era causada especialmente pelo medo.

Otto Scheuer, um jovem órfão vindo de uma grande cidade alemã, havia sido forçado a se alistar na marinha contra a vontade, como era costume naqueles tempos. Privado de sua família pela morte de seus pais causada por uma doença infecciosa, Otto ficou largado nas ruas até que foi preso. Com dezesseis anos já havia desenvolvido uma imponente figura, magnificamente musculosa e destinada a crescer ainda mais, e com o colorido louro pálido comum ao seu país. Sua mente seria sempre marcada por uma grave sinceridade; sua alma era de cor cinzenta escura. Não-metafísica ao extremo, ela manteve uma atitude autocentrada como a de um bicho durante toda a sua vida longa e simples.

Atravessando o Atlântico Norte, Otto foi tratado com o abuso habitual que se dispensava a um jovem em sua primeira viagem. Poucos marinheiros suportam esses tormentos sem procurar uma forma de escapar. A maior parte deles, no entanto, não conseguindo fugir logo, passa à aceitação involuntária das primeiras e duras viagens, e a cada nova viagem vai descobrindo novas vantagens – até certo ponto – e continua a navegar por vocação mesmo depois de liberado do serviço a bordo. Otto não seguiu esse padrão, e foi ficando cada vez mais decidido a conquistar sua liberdade. No meio do oceano já desenvolvera, com sua lógica inocente, planos variados e meticulosos para atingir seu objetivo. Ele conhecia o regulamento do barco (no caso da fuga de um marinheiro) de adiar no máximo por doze dias a partida e dar tempo aos outros homens para procurar o fugitivo. A solução para o problema de sobreviver em segurança durante esse período, sem ser descoberto, ultrapassava sua imaginação pois ele enfrentava uma dificuldade aparentemente insolúvel – não falava inglês.

Naturalmente o primeiro passo na estratégia de seus planos era afastar-se imediatamente da cena. Assim, agindo com apressada cautela, Otto separou-se do grupo assim que eles desembarcaram em busca de seus prazeres no porto. Ele apenas começara a escapar quando viu uma briga logo adiante, um grupo de homens batendo brutalmente num só homem. O homem que estava sendo atacado parecia ter um metro e sessenta de altura e pesar pelo menos uns cem quilos. Por ser tão baixo e corpulento dava a Otto a impressão de ser inamovível. No entanto, estava apanhando tão impiedosamente que o nosso jovem e sensível herói, apesar de sentir os olhos dos seus companheiros pregados nas suas costas, foi impelido a ir em sua ajuda. Enraivecido, ele rapidamente despiu a jaqueta e o boné e caiu no meio dos homens lutando até a completa exaustão e mantendo o tempo todo as costas grudadas com as de seu aliado que parecia ainda mais próximo do colapso, com o rosto vermelho de falta de fôlego. Brigando duro, eles se aproximaram de um beco e aí, estando fora das mãos de seus oponentes, seguiram o conselho gritado por um de seus colegas (que tinham corrido para divertir-se com o espetáculo). Contando com os reforços que a chegada do seu grupo representava, os dois enfiaram-se pelo beco e afortunadamente não foram seguidos.

Alguns quarteirões adiante mergulharam numa taverna para se recobrar. No que eles sentaram Otto lembrou-se da jaqueta e do chapéu que jogara no chão antes do combate. Levantou-se da mesa para ir buscá-los, e, em seguida, continuar sua fuga interrompida. Quando se dirigia para a porta, o homem sentado à sua frente – o gigante atarracado por quem ele havia brigado – percebeu que precisava recobrar o fôlego para falar ou Otto desapareceria. Levantando com esforço sua pesada cabeça da mesa, disse: "Meu nome é Rasmus Svenson e eu te agradeço, amigo". Otto parou no meio de sua retirada e falou com a voz rouca de embaraço, indicando que não entendia. Svenson levantou mais a cabeça, arquejando as sobrancelhas com curiosidade. E aí respondeu a Otto em sua própria língua: "Alemão? eu conheço essa língua também". Otto sentou-se outra vez com evidente alívio, apesar de estar surpreso demais para poder se expressar. Eles começaram uma longa tarde de conversa e bebida, pagas pelo atarracado nova-iorquino.

Primeiro ele contou sua estória: nascera em 1844, na ilha de Loaland, no mar Báltico, uma terra muito bonita, tornada ainda mais agradável pela renda da grande fazenda leiteira que seus pais possuíam. Ele era o único filho e quando tinha quatro anos seu pai morreu. Em seguida, sua mãe – uns vinte anos mais jovem – casou-se de novo com um homem que se dedicou a produzir uma ninhada cada ano, até mesmo de gêmeos. Esta enxurrada de crianças foi rejeitada por Rasmus com uma intensidade tão fora do comum que sua mãe, a quem ele era muito ligado, resolveu mandá-lo para uma escola cara na Alemanha. Em 1860, ele voltou para sua linda ilha, somente para encontrar ainda mais crianças pela casa. Como nenhum rapaz de 16 anos que valesse um grão agüentaria isso, ele mostrou a eles sua fibra e embarcou num navio para a América. Foi apanhado quando tentava escapar nas docas de Nova York.

Neste ponto das reminiscências de Rasmus, Otto não pôde mais resistir e falou claramente da sua própria situação. Rasmus ouviu e disse: "Minha casa é do outro lado do rio; eles nunca o acharão lá".

Rasmus contou-lhe então de sua fazenda e, em rápidos detalhes, explicou como fizera para adquiri-la. Sua mãe mandou dinheiro para pagar sua passagem, exigida pelos oficiais do navio, e mais o dinheiro suficiente para que ele comprasse terra e construísse uma casa, escrevendo para ele: "Nossos tristes corações sabem, meu querido filho, que não há lugar para você ao meu lado". Com essas citações de sua "velha mãe que eu já não vejo há mais de dez anos", ele esfregou as pálpebras intumescidas, zombando da própria tristeza. Com tantos copos e duplamente aquecido por seu humor extrovertido, ele se tornou mais sutil e, em muito bom estilo, contou a Otto com palavras eloqüentes sobre o pedaço de terra vermelha a oeste de Hudson que ele escolhera para construir e onde agora, nove anos depois, estava firmemente entrincheirado, ele e a sua "mulherzinha".

Mais tarde, no bote, remando para atravessar o rio até as docas de Nova Jersey, Rasmus ficou austero, silencioso e evasivo quando Otto o interrogou sobre o ataque dos estivadores. Talvez por letargia, depois de beber tanto, mas aparentemente por sua natureza mutável, ele evitou as perguntas balbuciando finalmente um críptico: "Estou sempre me metendo em brigas". Quando chegaram à praia, Rasmus levantou o barco sobre os ombros e enfiou-se terra a dentro. Isto espantou Otto, enchendo-o de admiração e inveja, pois mesmo sendo alto como era, uns 30 centímetros acima da cabeça achatada de Rasmus, ele duvidava que conseguisse carregar esse peso. Rasmus o fez por várias centenas de metros até o lugar onde guardava o bote, numa cabana retirada. Então os dois andaram em passos rápidos sobre o terreno acidentado, por várias milhas, até a casa de Svenson.

No início da tarde do dia seguinte, Otto, tendo dormido pesadamente de tão exausto, acordou com um empurrão de Rasmus e saltou ansioso ouvindo essas palavras:

"Há alguns homens chegando que devem ser teus colegas de tripulação. Esconde-te no sótão onde minha mulher vai te mostrar, mas se for por mim que eles estiverem procurando eu vou gritar por socorro". Otto enfiou as calças, arrancou a camisa de cima da cadeira e, colocando os enormes pés nos ainda maiores sapatos, varreu o quarto com um olhar frenético para ver se não deixava de apanhar nenhum objeto que pudesse traí-lo. Enquanto procurava pela escada para cima, viu de relance o sisudo Rasmus no portal da frente com um rifle exagerado sobre o antebraço. Logo que chegou no sótão, a silenciosa sra. Svenson acabara de remover algumas tábuas; ele entrou rápido no nicho assim revelado e ela começou a recolocar as tábuas no lugar.

Otto calculou que já estava encaixotado no seu esconderijo há uns vinte minutos quando ouviu vozes e pés de três ou quatro homens subindo as escadas. Ouviu algumas palavras em alemão, e logo, bem perto, reconheceu o primeiro oficial do "Giesenstadt" dando ordens severas para que batessem nas paredes!

Nesse momento de descoberta iminente, o medo que o rapaz tinha da tripulação não pôde obliterar a maravilha que sentia ante a maneira comprimida com que todos esses acontecimentos ocorriam, e sua mente se perguntava sobre como seus colegas o tinham achado tão rápido. E calculou, num surto de emoção reprimida, que teria muito pouca chance de escapar. De modo esquisito, enquanto essas idéias relampeavam, tecendo no meio delas e andando mais rápido que todas, vinha-lhe, repetidamente, o refrão de um só verso de uma velha canção alemã que ele não lembrava há muitos anos, uma canção de jardim da infância, da qual não sabia o título.

O baticum começou – acabou. Ruídos abafados, mais palavras, em seguida o batucar de passos descendo as escadas! Não muito depois, a mulher removeu a parte da parede que fazia de porta e Otto se espremeu para fora, a face iluminada de alegria e contorcida, puxando ar para dentro e espirrando poeira.

Rasmus relaxava tomando vinho. A enorme cadeira que recebia o seu corpanzil acentuava sua baixa estatura. Essa foi a primeira visão que Otto teve da sala de estar, e ele olhou em volta, tentando esconder seu embaraço enquanto Rasmus explicava o que tinha acontecido.

"Eu dei um dinheiro àquele primeiro oficial, ele certamente teria pego você se não me viesse à cabeça a feliz idéia de suborná-lo. Foi preciso um pouco de conversa, no entanto; ele estava preocupado com os outros dois tripulantes, mas eu tenho muito dinheiro, e lhe dei o suficiente para aqueles dois canalhas também, e para que ele não nos perturbe mais. Melhor tomar alguma coisa e esquecer o assunto."

•

Assim, Otto foi levado a se sentir como uma pessoa da casa e ficou com os Svenson por meio ano ou mais, concentrando-se principalmente em aprender inglês.

Um dos inúmeros meio-irmãos de Rasmus, Christian Nils, havia deixado a linda Loaland, e com sua própria família estava agora estabelecido em Duluth, Minnesota. Foi decidido, depois de longa troca de correspondência, que Otto deveria ir para lá tentar sua sorte como marinheiro nos Grandes Lagos, no mesmo ramo que Christian. Tudo acertado, Otto relutantemente embarcou numa diligência, com fundos fornecidos por Rasmus. Embora detestando se separar, esses dois homens que se encontraram tão esquisitamente, e sendo tão diferentes, fizeram suas despedidas com uma calma compreensão mútua.

A viagem de Otto de Nova Jersey a Minnesota ocorreu sem as peripécias comuns a esse tipo de viagem em 1870. Assim que Otto chegou a Duluth, foi fácil para Christian conseguir-lhe um emprego na Companhia de Vapores dos Grandes Lagos, que incidentalmente foi uma das primeiras a operar exclusivamente com vapores. A função de Otto era de nível bem inferior, na sala de máquinas, como limpador ou encarregado do combustível. Nessas novas circunstâncias, sem a pressão dos métodos alemães, ele considerou as tarefas de marinheiro bastante agradáveis e passava os meses de inverno em terra, na casa confortável de Niïs. Naqueles anos de juventude, as poucas coisas essenciais que ele queria da vida estavam inteiramente supridas, e nada mais ambicionava. Com o passar do tempo, ele se tornou um dos mais velhos maquinistas naquelas águas do Norte, trabalhando por mais de quarenta anos na mesma companhia.

Otto finalmente deixou a casa de Nils em 1875, aos 22 anos, quando casou com uma garota alemã de dezoito anos, a quem acabara de conhecer. Compraram uma casa nos arredores de Duluth, e já que ele estava embarcado quase ininterruptamente desde o início da primavera até o final do outono, sua família cresceu lentamente. Em 1877, nasceu sua primeira filha, uma menina que chamaram de Carrie. A segunda criança, o único menino, Charles, nasceu em 1879. A próxima menina, Lucille, não chegou senão sete anos mais tarde, em 1886. E a última filha, Maude Jean, nasceu em 1890.

A família de Otto manteve-se inteira até 1898 quando sua esposa morreu subitamente de pneumonia, logo depois que ele partiu para o seu ano de viagem. Carrie e Charles cuidaram com segurança da situação, na ausência do pai, e pouco depois do enterro da mãe, Carrie (que antes se correspondia com a filha de uma das famílias mais ricas de Sioux City, em Iowa) viajou para esta cidade para trabalhar na casa deles como empregada. O irmão Charles, 19 anos, conseguiu logo um emprego na Companhia da Estrada de Ferro Express, em Duluth, e trabalharia como caixa nesta companhia quase tantos anos quanto o velho Otto trabalhou nos vapores. Lucy, agora com 12, cuidava da irmã mais nova, Maude, com 8, enquanto Charles estava no trabalho ou fora de casa.

Quando Otto voltou, finalmente, naquele outono, ele conseguiu com presteza que Lucy fosse viver com Carrie em Sioux City, onde ela acabaria por trabalhar como doméstica também e eventualmente substituiria a irmã, Carrie. Maude foi mandada para a família de um marinheiro amigo e companheiro de tripulação de Otto. A esposa desse gentil marinheiro e duas ou três crianças moravam numa pequena fazenda perto de Duluth, onde Maude viveu os quatro anos seguintes. Charles continuaria a morar sozinho em casa, exceto pelos quatro ou cinco meses em que seu pai estava em terra, a cada ano. A verdade é que, já que Charles nunca se casou, e Otto não ligava muito para mulheres, esses dois homens viveram sós nessa velha casa mais de vinte anos sem outro pé feminino cruzar de novo o patamar daquela porta.

Naturalmente, Otto sempre foi um pai distante para os seus filhos, tanto em função de seu trabalho como das inclinações de seu temperamento que era de demonstrar pouco afeto. Ele parece não ter sido muito perturbado com a desintegração de sua família, pois não fez nenhum esforço para mantê-la junta – na verdade, contribuiu ele mesmo para dispersá-la. As garotas, especialmente, não significaram muito para ele, e depois da morte da mãe elas o contatavam apenas através de cartas ocasionais e escritas com convencional cordialidade.

Em 1902, Carrie casou-se e foi para Los Angeles com o marido. Lucy assumiu seu emprego, e logo se combinou que Maude deixaria a fazenda e iria preencher a vaga criada na extensa equipe de domésticos daquela casa. Contrariando o hábito em relação à moradia dos empregados, Maude e Lucy viviam num chalé campestre, quase a uma milha da casa principal. A família, talvez por ingerência da filha, resolvera abrigar Carrie e Lucy nessa construção, vários anos antes. E as duas moças, muito trabalhadoras, haviam transformado o chalé do ex-jardineiro num verdadeiro lar para elas. Depois que Carrie partiu, o espaço não precisou sofrer mudanças para a chegada de Maude.

Ora, ao contrário da maioria das famílias ricas, eles eram magníficos patrões, e a amizade que tinham por Carrie transformou-se em completa paixão pela sua substituta. Quando Maude, fresquinha da vida na fazenda, chegou a Sioux City, ainda não tinha 13 anos, mas já se podia perceber a beleza extraordinária que ela teria quando se tornasse mulher. Apesar de sua propensão ao ciúme, sua natureza tímida e humilde fez dela a favorita de todos; na verdade, em pouco tempo, ficaram loucos por ela, e logo ela seria encarada quase como uma filha por este grupo tão afetuoso.

Apesar de tanta atenção e cuidado, ela continuava a manifestar um desinteresse tão raro quanto sua beleza pessoal. Ser tão despretensiosa e sem afetação era algo pouco comum na sua idade, e ela era realmente tudo que alguém pode desejar. Graciosa e de maneiras delicadas, era uma verdadeira jóia. Os atributos de seu caráter eram constantemente elogiados, cada virtude sua comentada, catalogada e esmiuçada nos círculos de costura das senhoras até que não havia limites que ela não pudesse atingir. Felizmente para a auto-estima do grupo, a precisão de suas expectativas foi satisfeita. Em tempo, cada um dos jovens da elite da cidade, interessado por esses comentários, buscou conhecer Maude.

Enquanto passavam os anos, ela se tornava cada vez mais cobiçada, e vários desses jovens a procuraram com intenções de cortejá-la. Entre estes estava aquele com quem ela casaria no final do ano de 1906. Seu nome era James Kenneth Daly. O partido era tão bom socialmente que todos se eriçaram e diziam uns aos outros: "Eu não disse?", ou "Está vendo? O que eu te dizia?"

•

Daly era um advogado muito bem colocado na esfera política local, apesar de sua juventude, e sua família tinha dinheiro, assim ele garantiu a sua esposa uma boa situação financeira. Pessoalmente, ele era um homem grande, irlandês em ascendência, gostos e temperamento – inteligente, sóbrio, que se irritava facilmente, mas de coração generoso e sentimental. Apesar de trabalhador esforçado, e de passar muitas horas por dia cuidando de sua carreira, ainda encontrava tempo para caçar os pequenos animais que eram abundantes na região, principalmente patos. Seus excessos incluíam a cerveja McSorrell's e lautas refeições. Em 1919, concorrendo com pouca chance de vitória, ele conquistou a prefeitura de Sioux City graças a sua plataforma tipo Lincoln Steffens, expondo as falhas da administração anterior. Ele propunha reformas profundas em todas as áreas do governo.

Mas de maneira abrupta veio a falecer no escritório em 2 de setembro de 1922, pouco antes de sua segunda eleição. Apesar de ainda não ter 40 anos, o diagnóstico médico foi de apoplexia.

Os filhos que teve com sua mulher, no período de 15 anos, foram quatro garotos e quatro meninas. Um menino morreu ao nascer, em 1917. Os nomes e datas de nascimento dos outros sete são: William, 1907; Ralph, 1910; John, 1912 (na verdade, 12/12/12); Evelyn, 1915; Mae, 1919; Betty, 1920 e James Kenneth Jr., 1922 (que recebeu o nome de seu pai postumamente). Quando Daly foi enterrado, com as honras devidas ao seu cargo, Maude, sensível à sua gravidez, viveu o seu luto da melhor maneira possível, e sua calma dignidade, reforçada pelo orgulho que tinha com os filhos, tornou mais aceitável a dor daquele funeral para todos.

A mãe viúva de Daly, rica e orgulhosa, nunca fora muito receptiva a Maude e nessa ocasião não lhe ofereceu nenhuma ajuda. Para sua surpresa, Maude descobriu que o testamento de Jim deixava-lhe apenas a casa em que morava com as crianças, mais uma anuidade em seguro que expiraria em breve. Para conseguir fugir à memória de Jim (que dava vida àquela casa – desde as oficinas para seus passatempos no porão aos equipamentos de caça guardados no sótão), assim como à pouco simpática sogra, Maude decidiu vender a casa e mudar-se para Des Moines, uma cidade próxima. Mas o problema financeiro logo veio à luz e pela primeira vez os filhos de Daly mostraram o orgulho que guardavam dentro de si, com o cuidado solícito que prestaram à sua mãe. William largou a escola e arranjou um trabalho de horário integral, Ralph empregou-se durante as tardes e nos sábados como pintor de paredes, John vendia jornais, e assim conseguiram garantir seu sustento sem muito aperto.

Maude estabeleceu-se na rotina típica de uma viúva de meia-idade com uma grande família para criar. Algumas senhoras amigas a visitavam eventualmente e jogavam bridge com avidez. É claro, ela não tinha empregadas domésticas mas, deixando os filhos menores aos cuidados de Evelyn por algumas horas, criou o hábito de freqüentar sem falta aos concertos de domingo, um costume da maioria de suas novas conhecidas. Sendo a viúva de um prefeito, embora temporariamente em más condições financeiras, ela foi bem recebida no círculo dessas senhoras, como um membro respeitável. Perto do final do ano de 1924, todos os freqüentadores dos concertos daquela estação foram convidados para o baile anual que esse grupo promovia no clube campestre de Des Moines. Foi neste evento de gala que Maude conheceu o homem que se tornou seu segundo marido, Neal Cassady.

III

O clube campestre desta pequena cidade do meio-oeste americano, Des Moines, tinha uma mesa escondida num canto, em que, nas noites de sábado no inverno de 1924-25, foi encenada uma corte curiosa. O baixinho e encorpado Neal, solteiro, com seu nariz amassado que o fazia parecer com um boxeador da classe dos meiopesados, em perseguição cuidadosa à elegante e atraente viúva de meia-idade, Maude, com seus cabelos castanho-avermelhados e altura acima da média. A atmosfera do salão, com sua lareira e decoração de alto estilo, a cozinha sofisticada e bons vinhos combinaram-se para estimular o romance. Entre outras coisas, este manto de atrações constituiria sua última oportunidade de viver dias de lazer prazerosos e foram o disfarce sob o qual Neal foi aceito por Maude, ajudando a criar uma atmosfera de felicidade tão gratificante que ela se comprometeria e a seus filhos de forma decidida a viver aos cuidados desse homem tão suscetível à bebida.

Além das noites de sábado, em que se encontravam sempre no lugar onde haviam se conhecido, Neal passava apenas um outro dia na semana com Maude e a família – as tardes de domingo. O romance, que começara quando ele a levara em casa depois daquele primeiro concerto, continuou depois dos últimos concertos durante o inverno, até tornar-se um hábito. Nas tardes de domingo, ele tentava agradar os garotos mais velhos, brincava com as crianças e em todos os sentidos comportava-se como um cavalheiro. Depois dessas amabilidades, saíam, ele e Maude, e ele a levava a passear pela cidade e pelo campo ao redor da cidade em seu novo automóvel Star. Depois que passou o inverno e a entrada da primavera emprestou maior beleza à natureza e mais lama às estradas, eles estacionavam em lugares escolhidos para apreciar o panorama e evitar que o carro atolasse na estrada. Em um desses idílicos momentos Neal propôs casamento a Maude e foi aceito. Casaram-se em 10 de maio de 1925.

Logo após o casamento começou a primeira de incontáveis mudanças, provocadas por uma ou outra razão, e que fariam de seu lar algo de sempre fluido... Qualquer que tenha sido a razão – provavelmente, de início, uma idéia de "lua-de-mel" –, os recém-casados resolveram ir para as montanhas; e a família de Maude começou assim, cegamente, a se dispersar. Neal comprou um caminhão Ford e construiu sozinho (uma engenhosidade construtiva nunca imaginada nem repetida) uma casa com teto inclinado sobre sua carroceria que suportava duas toneladas. Levou meses para acabá-la. Maude demonstrou uma satisfação excitada com esses primeiros dias de trabalho consistente. Os filhos mais novos, Betty, de cinco anos, e Jimmy, de três, deviam acompanhar os amantes. Maude, agora grávida de seu nono filho, e o primeiro de Neal (o embrião, eu), embarcaram todos numa viagem de recreio na direção do oeste – "para ver o mundo". Assim, no auge do inverno, dez meses depois do casamento, eles partem para Hollywood, no singular veículo de Neal.

As cinco outras crianças, apesar de sua pouca idade, ficariam em Des Moines e se virariam sozinhas até que os turistas voltassem. Os três rapazes mais velhos eram bastante capazes para enfrentar essas situações. William agora com 18, Ralph com 15 e John com 13 anos, tinham um traço comum de autoconfiança agressiva – desenvolvido talvez no período de três anos em que cuidaram de Maude, desde a morte de seu corajoso pai. Ele era advogado, tinha uma mente honesta e decidida e mantinha tudo sob controle, desde as menores decisões domésticas às altas questões financeiras. Seu passamento transferiu para os garotos essas responsabilidades, ao mesmo tempo diminuindo a pressão de seus padrões rígidos sobre suas mentes em formação. Assim liberados, eles se desenvolveram com vigor e com as qualidades juvenis de afirmação máscula.

Quando Maude deu à luz na estrada, nossos viajantes ajudaram-na a ter um saudável descanso. Próximo do Tabernáculo Mórmon, o rotundo e majestoso templo com suas 79 pontas viradas para cima, balanceadas com rigor sobre duas torres, está o Hospital L.D.S., onde nasceu, em 8 de fevereiro de 1926, às 2:05 da manhã, o último filho de Maude. Seria o único filho de Neal e levaria o seu nome, não fosse o fato de Neal não ter nome do meio; então como compensação deram à criança o nome adicional de "Leon", o que ironicamente estragou aquilo de que o velho Neal mais se orgulharia – um Neal "Junior".

Ficam em Salt Lake City por várias semanas até Maude se recuperar; e então, ainda viajando no estranho caminhão, completaram a jornada até Los Angeles. Na esquina da rua Hollywood com a Vinte, havia uma barbearia que Neal comprou com o que sobrou de suas economias. Eles não prosperaram pois, desde o início, e freqüentemente, Neal começou a fechar a casa e passar vários dias bebendo. De algum modo, e de forma rígida, ele cismou que ninguém podia dirigir o negócio na sua ausência e assim dispensava seus ajudantes sempre que o desejo cada vez mais freqüente de beber o assaltava. Depois de um ano nesta rotina, apesar da fantástica localização da loja, o negócio decaíra tão drasticamente que um dia, estando sobriamente estúpido e num humor soturno, Neal decidiu-se, de forma desgostosa, a vender a loja e o ponto por uma fração ridícula do preço que tinha pago por ela.

Que fazer então? Chegou uma carta do irmão de Maude, Charles, que ainda trabalhava na Companhia Ferroviária Express, mas se transferira há pouco para a estação de Denver, Colorado. Ele sugeria que Maude e Neal viessem para a bela Denver e se estabelecessem permanentemente lá, em princípio porque ele amava o grande número de gramados da cidade e considerava isso razão suficiente para aconselhar os parentes a viver lá para sempre e descobrir uma maneira de sobreviver. Ou pelo menos ficar por lá algum tempo até planejarem com mais segurança o seu próximo passo. Indecisos, porque não tinham um objetivo preciso, mas de algum modo entusiasmados e aliviados pois sua ingenuidade natural ainda não se perdera na meia-idade, eles deram meia-volta e foram de carro para Denver em 1928.

Lá, na rua 23, entre Welton e Glenarm, próximo à travessa, havia um edifício de tijolos vermelhos e com dimensões de miniatura. Nele havia uma loja de sapateiro incrivelmente atulhada, com meio-século de sobras de couro. O velho sapateiro, a postos diariamente atrás da barreira de lixo até o teto que sufocava sua loja, era o novo senhorio de Neal. A barbearia de duas cadeiras, que ocupava a outra parte do prédio, foi arrendada por Neal pelo período de um ano. Neal, Maude, Jimmy, Betty e o pequeno Neal instalaram-se nos apertados aposentos dos fundos da loja. Então foram chamadas as outras crianças que ainda estavam em Des Moines, e em breve chegaram a Denver, de trem, Bill, Ralph, Jack e Mae. Evelyn, nos seus treze anos de idade, e tão decidida quanto os rapazes, aceitou uma oferta de uma empregada doméstica, velha amiga de Maude, de Sioux City, e ficou lá até os 21 anos, quando casou-se com um primo em primeiro grau e foi viver com ele na Califórnia, para sempre.

Com sete crianças, a vida nos dois pequenos cômodos da loja era intolerável. Não havia camas para todos; roupas espalhadas por todo canto; a cozinha não dava para se espremerem todos juntos lá dentro, tinham que se alternar em dois grupos para comer. Os rapazes mais velhos e independentes não tiveram paciência com as inadequadas instalações caseiras fornecidas pelo padrasto e quase de imediato tomaram seu próprio rumo. Com essa mudança, Maude continuou com apenas três dos filhos de Daly, além, naturalmente, do pequeno Neal.

•

Bill, o mais velho, estava agora com vinte e um anos e não era nenhum otário. Passado um mês ou pouco mais que chegara à cidade, casou-se com uma jovem e bela viúva cuja renda considerável provinha de um restaurante, "Dine and Dance", que pertencera ao marido recém-falecido, na periferia do lado oeste de Denver. Bill passou a administrar essa taverna com a mulher e, no meio dessas funções, habilitou-se nos conhecimentos especiais de um *barman*. Aprender o fundamental desta atividade foi o bom passo inicial para tornar-se um verdadeiro ás dos *bartenders*, e nunca mais mudou de profissão. Nos seus últimos anos, ele tinha orgulho de dizer que trabalhara nos maiores, mais freqüentados e melhores de todos os clubes de Nova York a Los Angeles – um certo exagero, é claro, mas verdadeiro na essência.

Ralph, o seguinte na lista, era o mais bonito e mais sério do grupo. Em pouco tempo estava vendendo bebida ilegal para um tal de Sam, na esquina da 11 e Larimer, no centro de Denver, isso apesar de só ter 18 anos. Entre suas variadas tarefas estava a de fazer entregas na cidade das várias destilarias que ficavam a vinte e trinta milhas de distância. Nas montanhas, perto de Denver, uma das maiores e certamente das mais bem montadas e orgulhosamente cuidadas dessas fábricas de uísque ilegal era a de um tal de "Blackie Barlow". Ralph via-o regularmente e logo conseguiu um emprego com ele para seu irmão mais novo, Jack, 16 anos, como guarda deste bonito "rancho".

Algum tempo depois, estando Jack em seu posto, o lugar foi invadido pela polícia. Os agentes federais que faziam as prisões pegaram Jack primeiro e depois outro incauto vigia. Algemaram os dois juntos e os deixaram com um tal Oscar Dirks, enquanto o resto do grupo avançava para grampear os que estavam na casa agora desguarnecida. Os dois presos bateram com os olhos um no outro por um breve instante e ambos tiveram a mesma idéia. Ainda algemados, os dois correram furiosamente descendo a encosta da montanha. O agente Dirks tirou o revólver do coldre sem hesitação e detonou alguns tiros improdutivos, enquanto a densa vegetação escondia os fugitivos de sua vista. Jack e seu companheiro de corrida tinham uma boa vantagem em direção à, ao menos temporária, liberdade, quando cometeram o erro de não escolher passar pelo mesmo lado de uma árvore. A intervenção desta árvore acabou com eles, seu tronco imprestável surgiu entre os dois e eles foram atirados um contra o outro batendo as cabeças de modo tão terrível que Jack caiu ao chão inconsciente. Seu tonto companheiro conseguiu se livrar do tronco e estava cambaleando na direção de Jack quando Dirks caiu sobre os dois. O funcionário do governo levantou Jack pelo colarinho até a altura dos joelhos, e ignorando seus olhos fechados e o rosto pálido, deu-lhe uma estúpida pancada com a coronha do revólver atingindo-o na boca. O cano do revólver pesado machucou-o gravemente mas só quebrou quatro dentes de cima. Depois deste acontecimento, o ouro brilhava em sua boca cada vez que ele falava.

Jack passou um tempo preso, mas voltou a vender bebida ilegalmente quando foi solto. Ralph não teve problemas com a polícia e juntava uma boa grana, assim como Bill, aproveitando-se das vantagens da renda da propriedade de sua mulher e pela lateral vendendo bebida aos seus fregueses preferidos. Mais ou menos na época em que eles compraram dois carros iguais Modelo A, Jack e Ralph entraram também no negócio, fornecendo bebidas alcoólicas para Bill e alguns outros. Nesse meio tempo, Neal e Maude continuavam lutando como parceiros de casamento. Embora a pobreza de Neal, em função da bebida, fizesse com que Maude se apoiasse financeiramente cada vez mais em seus filhos, ela o amava o bastante para suportá-lo. O respeito pela mãe foi o que impediu os rapazes (Jack e Ralph especialmente – Bill não se interessava) de darem um chega pra lá no Neal. Tinham muitas discussões por causa dele mas sempre cediam aos desejos de Maude – se ela prometesse não dar a Neal nada do dinheiro que recebia deles.

No verão de 1929, Jack e Ralph deram a entrada numa casa nova na esquina das ruas Colfax Oeste e Stuart. As coisas pareciam estar melhorando mesmo nessa época. Até Neal conseguiu progredir em seu negócio de ser um pai melhor – uma última tentativa, aparentemente. Ele fazia um bom dinheiro, no outro lado da cidade, na barbearia luxuosa perto dos matadouros, e chegou a assumir as despesas dos rapazes pelas prestações da casa durante alguns meses. A família inteira viveu nessa casa nova em razoável harmonia pelo resto daquele ano. Bill e sua esposa ficavam lá somente porque era próxima do restaurante; Ralph e Jack continuaram ambos com a venda de bebidas; Mae com 10 anos e Betty com 9 atravessavam a cidade para ir à Escola do Sagrado Coração; Jimmy, com sete, e o pequeno Neal, com três, brincavam todas as tardes no jardim da escola do outro lado da rua, que Jimmy passou a freqüentar em setembro.

A falência chegou mais rápido do que parecia possível. Se o *crack* da bolsa de valores de outubro de 1929 não tivesse ocorrido, pode-se imaginar que a família continuaria moderadamente bem por mais alguns anos, pelo menos. Mas não foi assim, todo mundo em Denver parecia ter ficado duro ao mesmo tempo, não tanto quanto em outras partes do país, e talvez não fosse tão grave na realidade. Mas o fato é que todos apertaram-se com seus orçamentos. O negócio de bebidas dos rapazes foi pro brejo, Neal foi demitido, e mesmo o sempre sortudo Bill tinha que fazer o que podia pra chegar ao fim de cada mês. Foram dez anos, e mais ainda para alguns, até que a família tivesse o bastante para comer e de qualquer forma vivia à beira da miséria a cada dia.

Em 1930 muitas coisas aconteceram, pois no começo do ano perderam a casa. Bill e a mulher mudaram-se para um acampamento de trailers do Oeste de Denver e separaram-se do resto da família quase completamente. Ralph, para surpresa de todos, casou-se. O nome dela era Mitch, uma estudante de enfermagem a dois anos de se formar. Jack ficava em qualquer lugar onde pudesse pendurar o chapéu. Como criou uma rotina de visitar a mãe diariamente, apesar da presença ofensiva de Neal, ele normalmente vinha para casa pelo menos por algumas horas para dormir, todas as noites.

A nova casa que Neal arranjou era realmente uma dádiva da depressão. Um apartamento de dois cômodos, de aluguel barato, no andar de cima de uma leiteria barulhenta da esquina da rua 20 e da Court Place. Como não havia dinheiro para cuidar das meninas, Maude conseguiu, com uma entidade de caridade católica, para que Mae e Betty fossem internas no Orfanato Queen of Heaven, até que Neal pudesse provê-los com um lar adequado novamente, ou até que as meninas fizessem dezesseis anos.

Um novo problema surgiu, que ajudou Maude a suportar a separação de Mae e Betty por algum tempo; ela estava grávida novamente. Em 22 de maio de 1930, com quarenta anos de idade, Maude deu à luz sua décima e última criança, uma menina que se chamou Shirley Jean.

Por muito tempo eles continuaram de costas na parede. Freqüentemente, Neal só conseguia encontrar trabalho aos sábados, e tinha que viver a semana inteira com seu pagamento de barbeiro de um dia só. Naturalmente, Jack sempre ajudava o melhor que podia, e Ralph também dava alguns dólares de vez em quando, mas não era o bastante.

Finalmente, no último mês desse ano agitado, Neal conseguiu uma barbearia de duas cadeiras próxima da esquina das ruas 26 e Champa. Nessa loja triste e pequena, em meio a conflitos, Neal e Maude viveram o último ano de seu miserável casamento.

Apesar da comida ser pouca, pelo menos havia sempre sobremesa, pois no meio do próximo quarteirão havia a Fábrica de Tortas Puritans, e em muitos domingos as portas da barbearia eram baixadas enquanto Neal, ilegalmente, cortava os cabelos de um empregado, em troca de uma ou duas tortas. Em outros domingos, quando ele arranjava carona, Neal ia para a zona norte de Denver ver seu cunhado Charles, o amante de gramados, que estava paralítico e quase sem ajuda, vivendo de uma pequena aposentadoria e aos cuidados da senhora proprietária de seu quarto. Anos mais tarde Charles morreria no mesmo hospital e no mesmo dia em que sua irmã Maude; embora nenhum dos dois ficasse sabendo dessa coincidência.

As bebedeiras de Neal continuavam, assim como seus fregueses pouco freqüentes, de forma que mal conseguiam sobreviver, e Neal perdeu a loja, a última das que teve, no início de 1932. Também perdeu sua esposa, que se mudou para um apartamento que Jack alugou, na esquina da rua 22 com a Stout, e levou consigo o Jimmy e Shirley, ainda bebê. O pequeno Neal continuou com seu pai bêbado a caminho das piores favelas de Denver.

O Primeiro Terço

Capítulo 1

Durante certo tempo ocupei uma posição única: entre as centenas de criaturas solitárias que assombravam a parte baixa do centro de Denver, não havia nenhuma tão jovem quanto eu. Dentre aqueles homens sombrios que haviam se dedicado, cada um por sua própria e boa razão, à tarefa de terminar seus dias como bêbados sem vintém, eu sozinho, ao compartilhar de seus modos de vida, lhes apresentava uma réplica da infância para qual eles podiam, diariamente, voltar um olhar desamparado e, ao ser assim transplantado para o meio deles, tornei-me o filho desnaturado de algumas dezenas de homens derrotados.

Fazia parte do meu dia-a-dia encontrar-me constantemente com novos camaradas de meu pai, que invariavelmente me apresentava com um orgulhoso "Este é meu garoto". Daí em diante o afago na minha cabeça era geralmente seguido do olhar inquisitivo que os olhos guardam para a incerteza, e que nesse caso transmitia a pergunta: "Devo dar um gole para ele?" Percebendo a oferta, insinuada por uma garrafa meio estendida, meu pai sempre dizia: "Vai ter que perguntar a ele", e eu respondia encabulado: "Não, obrigado, senhor". É claro que isso só acontecia naquelas ocasiões memoráveis em que uma bebida aceitável, como vinho, estava disponível. Nos tempos infortunados em que não havia nada para beber além de álcool desnaturado ("calor enlatado") ou rum de folha de louro, eu não precisava enfrentar essa pequena rotina.

Muitas vezes, depois da quantidade adulta normal de perguntas para demonstrar algum interesse pela criança (tais gestos de camaradagem tagarela eram o símbolo de paternidade, pois esses pais postiços não possuíam mais nada para oferecer), eu passava a ser ignorado enquanto a conversa de meu pai e seu novo amigo voltava-se para relembrar o passado. Esses *tête-à-têtes* repletos de pequenos apartes recordavam fatos que traziam à tona muitos pontos em comum entre suas vidas: amigos comuns, cidades visitadas, coisas feitas lá, e assim por diante. A conversa deles continha muitas observações genéricas sobre a Verdade e a Vida, que representavam o autêntico inconsciente coletivo de todos os vagabundos da América. Eles eram bêbados cujas mentes, enfraquecidas pelo álcool e por uma maneira subserviente de viver, pareciam continuamente ocupadas em emitir curtas declarações de óbvia inutilidade, pronunciadas de maneira que fossem instantaneamente reconhecidas pelo ouvinte, que, por sua vez, já havia escutado aquilo inúmeras vezes e esmerava-se de um modo geral em assentir para tudo que lhe era dito, e então dar seguimento à conversa com um comentário de sua própria autoria, igualmente transparente e carregado de generalidades. A simplicidade deste padrão era maravilhosa, e não havia limite para as conclusões a que eles poderiam chegar juntos, isso sem falar nos extremos de abstração que podiam ser atingidos. Depois de ouvir por vezes incontáveis a repetição sistemática desse papo furado especulativo, passei a conhecer suas mentes tão intimamente que era capaz de entender as coisas do modo como eles as entendiam, e logo já não havia mais mistério na conversa de nenhum deles. Eu supunha que todos os homens pensassem da mesma maneira, e assim sabia de todas as coisas, porque, como toda criança, eu correlacionava as ações dos adultos, sem nenhuma consideração real pelas diferenças.

Todos os seus companheiros alcoólatras chamavam meu pai de "o barbeiro", pois ele era o único deles que tinha exercido essa profissão, e eu era o "garoto do barbeiro". Todos diziam que eu era igualzinho a ele, mas eu não achava que isso fosse nem um pouco verdade. E eles me viam crescer com comentários do tipo "Pô, olha só – a cabeça dele já está mais alta do que o teu cinto". Não era nenhum grande feito, eu pensava, porque meu pai tinha pernas curtíssimas.

•

Quando, em 1932, a situação da família se resolveu com a separação dos meus pais, eu não fiquei triste de acompanhar meu pai em sua retirada para a rua Larimer. Sobretudo, não estava triste de me livrar, por um tempo que acabou sendo de um ano, da companhia do meu aterrador irmão valentão, Jimmy, e até mesmo da de minha mãe e da irmã menor, quase nunca lembradas. A perspectiva da aventura tomava minha cabeça de seis anos de idade; além disso, agora já não seria obrigado a assistir a cenas de violência todo domingo. Com meu pai afastado definitivamente, meus meio-irmãos mais velhos, Jack e Ralph (quando ele estava lá), não poderiam bater na sua cara até que ela se enchesse de sangue quando ele retornava de suas bebedeiras de sábado à noite. Minha mãe quase sempre chorava e implorava para que eles parassem, mas, como pude observar muitas vezes nos anos que se seguiram, quando esses rapazes começavam a usar seus punhos, só a exaustão podia acalmar seus acessos de raiva cega.

Agora todos estes e outros terrores, como nas vezes em que Jimmy me fazia brigar com garotinhos mexicanos, tinham ficado para trás, e no momento eu me interessava cada vez mais pela minha nova vizinhança; singularmente incomum também, pelo menos para Denver. Sim, sem dúvida, eu me sentia inigualavelmente instruído ao observar a escória, desde o início. É claro que, convivendo com homens humilhados, apesar da rispidez que às vezes possuíam, conquistei certas liberdades pouco ortodoxas e que normalmente os garotos americanos de seis anos não possuíam. Também, meu pai, geralmente bêbado (ou a caminho desse estado), era necessariamente um pouco frouxo na disciplina. Ainda assim, eu não me aproveitava dele, pois amava o velho de verdade.

•

Era o mês do meu sexto aniversário, e o inverno, feroz como sempre, descera sobre a cidade quando meu pai e eu nos mudamos para o Metropolitan. Era um edifício de cinco andares, na esquina da rua Market com a 16, a ponto de desabar. Abrigava cerca de cem dos vagabundos estabelecidos em Denver, e ainda o faz, embora tenha sido condenado há muito tempo. Em cada um dos andares superiores havia uns trinta cubículos mais ou menos, cujas paredes, por não chegarem até o teto, faziam com que parecessem absurdamente altos. Estas celas de dormir, em sua maioria, eram alugadas por dez ou quinze centavos a noite, exceto algumas no andar superior que custavam vinte e cinco, e nós tínhamos uma dessas, mas só pagávamos uma taxa semanal de um dólar, por causa da localização no último andar, e porque dividíamos o quarto com uma terceira pessoa.

Esse nosso companheiro de quarto dormia numa espécie de plataforma feita com uma tábua que cobria um joelho de encanamento do edifício. Não era qualquer um que podia dormir lá confortavelmente, pois o jirau só tinha um metro de comprimento. Ele cabia naquele espaço na medida; suas duas pernas tinham sido amputadas há muitos anos. Com muita propriedade, era chamado "Baixinho", e essa adequação do nome ao fato era para mim muito engraçada. Toda manhã ele se levantava cedo e, com seus braços compridos demais, gingava o tronco magro descendo cinco lances de escada. Nunca o vi parar para usar o banheiro comunitário do segundo andar, e presumi que as pias eram altas demais para ele, de forma que ele providenciava sua higiene em algum outro lugar. Chegando na calçada, entrava numa espécie de carrinho de boneca e, usando um pedaço de madeira em cada mão, ia empurrando o veículo e a si mesmo até seu ponto de mendicância. Ele geralmente dobrava a esquina da rua Larimer e estacionava em frente ao restaurante Manhattan.

A rua Larimer era a grande onda de Denver no século dezenove e o Manhattan, seu melhor restaurante. Agora tudo em volta caiu na vulgaridade, mas o Manhattan ainda é freqüentado por turistas e gente bem. O dia do Baixinho começava algumas horas antes do dos vagabundos, cujos membros possuíam comprimento normal, e ele muitas vezes recolhia mais de um dólar antes do meio-dia, utilizando da vantagem da sua deficiência exposta num bom lugar. Quando já tinha recebido o preço de uma garrafa ou duas, retornava ao quarto e bebia até ficar anestesiado.

De uma maneira geral, ele já tinha desmaiado, ou estava quase desmaiando, quando eu chegava em casa da escola, mas em alguns dias era diferente, e ele ficava fora até bem tarde. Era como se houvesse um limite no começo da tarde, e se não estava no quarto nessa hora, não vinha mais.

Eu temia esses dias, porque então ele bebia na rua, e era eu que tinha que ajudar a procurá-lo pelas vielas e portais até encontrá-lo. Papai o carregava para casa, enquanto eu o seguia, às vezes puxando seu carro com rodas de patins, às vezes deixando que ele deslizasse.

De vez em quando, silenciosamente, mas com a energia das crianças, eu irrompia no quarto e pegava o Baixinho acariciando as partes. Mesmo já tendo mais de quarenta, sua preocupação com essa forma de diversão era justificada. Tenho certeza, a julgar por sua aparência, de que ele não devia dormir com uma mulher desde a sua juventude, se é que antes já o tivesse feito. Com crostas de sujeira, ele cheirava mal e era muito feio, com uma cara sem testa ocupada por uma boca arreganhada parecendo de borracha, que exibia dentes pretos como tocos. Ainda assim, não tinha queda por garotos da minha idade, porque, nas duas vezes em que o vi exposto, rugiu para que eu saísse do quarto, e esses foram os únicos incidentes de raiva da parte dele de que posso me lembrar.

Meu pai e eu moramos com o Baixinho até junho, e depois destes quatro ou cinco meses, embora eu o tenha procurado por curiosidade, nunca mais o vimos, e eu jamais soube o que aconteceu com o velho chapa.

•

Na primeira segunda-feira oportuna depois de havermos nos instalado no Metropolitan, Papai me pôs de volta na escola. Nesse dia, minha higiene matinal foi feita com uma pressa ansiosa, embora tenha tido o cuidado habitual de limpar atrás dos ouvidos. Havia um espelho cheio de manchas, suspenso no reboco rachado da parede, cuja poeira branca se esfarelava caindo direto na pia malcheirosa embaixo. Olhando nele, em meio ao reflexo distorcido de homens se lavando, meu pai deu uma última olhada em seu rosto embaçado, antes de me apressar para um café-da-manhã de vinte centavos, composto de miolos e ovas, que eu engoli sem mastigar. Aí para o grande bonde amarelo numa rápida viagem subindo a rua 16 até Welton, e então para a esquerda para uma parada na rua 23. Na caminhada de um quarteirão até o nosso destino na rua Glenarm, paramos um pouco para olhar, com meu pai apontando mais uma vez para o labirinto emaranhado atrás da janela do sapateiro, ao lado da sua primeira barbearia em Denver. Então entramos no moderno edifício de tijolos brancos brilhantes que é a Ebert Grammar School e apreensivamente nos aproximamos do balcão de informações. Meu velho humildemente comunicou à garota da recepção que eu estava pronto para ir à escola de novo; o semestre tinha começado há algumas semanas, e ele temia que eu tivesse de começar o jardim de infância todo de novo. Era um medo infundado, pois minha inscrição tardia não fazia diferença, e fui colocado sem perguntas no ano adequado, o primeiro. Ao preencher meu cartão, a bonita funcionária me perguntou onde morava, e Papai foi suficientemente sábio para dar o endereço de minha mãe, rua 22 e Stout, a apenas quatro quarteirões de distância.

Esse tipo de mentira tornou-se habitual, pois todos os anos em que estive com meu pai, (alternados intermitentemente com aqueles em que vivi com minha mãe), fui obrigado a dar um endereço de casa falso, na escola. Acabei desenvolvendo uma preocupação contínua de que descobririam que eu morava fora do distrito da Ebert; então seria forçado a freqüentar a escola perto de onde morávamos, e o pensamento de mudar me apavorava. Assim, desafiando a geografia de Denver, fui à Ebert por seis anos inteiros. E isso não era um feito menor em termos de caminhada: eu morava sempre a pelo menos uma milha da escola, e muitas vezes a mais, chegando até a quatro. Na realidade, foram as muitas manhãs de corrida por essas milhas (já que eu raramente tinha o da passagem ou o usaria se tivesse) para não chegar atrasado, o que provavelmente me levou a ser tão interessado em corridas de longa distância.

•

Na miséria noturna do Metropolitan, dormíamos lado a lado, meu pai e eu, numa cama sem lençóis. Não havia relógio, de forma que eu dependia do da gigantesca torre da Daniels e Fisher, para me acordar para ir à escola, o que ele conseguia. Ou pelo menos acho que era isso que me acordava, pois quando soavam as sete horas, sempre abria meus olhos e espichava a cabeça alerta para fora do cobertor imundo, respirando o ar gélido do nosso quarto. Meu pai roncava, e, geralmente estando ainda muito bêbado para se mexer, permanecia indiferente a tudo. Desviando-me do mau hálito que saía de seu rosto inchado pela bebida, eu deslizava nu para fora da cama, que gemia numa quietude trêmula. Apressava-me em enfiar umas roupas detestáveis que tinham pertencido ao meu irmão Jimmy: sapatos apertados demais e calças curtas que ficavam um pouco acima dos joelhos – as longas meias de lã que eu usava não chegavam a cobrir efetivamente esse espaço embaraçoso. Na maioria das vezes o pai simplesmente dormia e dormia, e, já que a prateleira do Baixinho estava vazia (ele às vezes partia quando estava ainda escuro), não havia ninguém que me mandasse sair da cama. Esgueirando-me pela porta para o assoalho todo lascado, eu cruzava por quartos onde outros corpos enfraquecidos e almas estilhaçadas uniam-se, com os rumores de seu sono pesado, ao de meu pai. Descendo degraus gastos silenciosamente, entrava com passos rápidos num lavatório iluminado pelo sol radiante. Espalhados pelo enorme aposento, muitos homens não-identificados estavam cuidando de sua higiene. A maioria deles fazendo a barba; alguns tinham as "tremedeiras" de modo que não era fácil, e, para não se cortar ou se angustiar demais, só se barbeavam quando estavam indo para a cidade batalhar um troco. Calças pouco limpas e muito largas estufavam sobre os sapatos acabados, e seus pesados casacos e camisas puídas ficavam pendurados em ganchos ao lado deles, e quando se lavavam, eles realmente molhavam tudo descuidadamente. Eu me lembro de contornar essas poças d'água enquanto pulava para uma das grandes janelas do aposento e na ponta dos pés olhava pelas vidraças sujas para ver as horas, adivinhando pela inclinação dos ponteiros pretos, quase invisíveis contra o vidro branco encardido da face do relógio com algarismos romanos, no alto da imponente torre da loja de departamentos Daniels e Fisher, o edifício mais alto de Denver – já eram sete e quinze. Depois de me lavar, eu saltitava de volta para o andar de cima para pegar a minha bola de tênis e o casaco, e ver se papai demonstrava algum sinal de sobriedade ou interesse em comer, mas na maioria dos dias de escola, ele nem se mexia, e assim eu partia sozinho para meu café-da-manhã.

Descendo as escadas, eu atravessava o saguão, que àquela hora ainda não havia sido tomado por homens ociosos e descia diversos degraus de pedra larga até o movimentado cruzamento da rua Market com a 16. Grandes caminhões com transmissão por correia e duros pneus de borracha quicavam sobre o calçamento de pedra lustrosa da Market. Abrindo para os negócios do dia lá estavam os vendedores de carne por atacado, casas de aves, peixarias, depósitos de café e temperos e lojas de laticínios, a agência de empregos, restaurantes e bares, e alguns outros estabelecimentos que eu esqueci, e que se amontoavam nos quarteirões da Market entre a rua 14 e a rua 18. Na rua 16, o tráfego roncava vindo de um viaduto ao norte de Denver – da meia-dúzia de viadutos que havia em Denver, esse era o único que possuía trilhos de bonde. Uma fila de bondes grandes demais, entulhados de gente trabalhadora arrastando-se para The Loop, Larimer, para o centro e todo o leste de Denver, passava retinindo por mim quando eu saía do hotel. Eu andava mais um quarteirão subindo a 16 e virava à esquerda numa loja recentemente aberta, Dave Cook Sporting Goods, na esquina da Larimer, e entrava no edifício ao lado. Era a Missão do Cidadão, administrada por uma organização da igreja protestante e apoiada por um bom vereador da cidade (cujo nome eu esqueci, embora o pai, em suas divagações, estivesse sempre falando em ir ver "fulano lá na Missão" para arranjar um emprego fixo – agora me lembro: Val Higgins!). A Missão dava café-da-manhã e jantar para cerca de duzentos homens diariamente, e em compensação tinha uma freqüência alta em seus serviços religiosos bissemanais, algo de que seus diversos concorrentes rua acima e rua abaixo também podiam se vangloriar, embora eu não pudesse entender por que, uma vez que não distribuíam comida nenhuma. Alguns anos mais tarde, a do Pai Divino, na subida da Larimer com a 24, também começou a dar refeições. Serviam apenas almoço, que era bem gostoso também, e houve um grande oba! entre os rapazes quando esse lugar abriu, pois o intervalo entre o café-da-manhã e o jantar da Missão era terrível para todos. Mas naquela época nós tínhamos apenas a Missão, e eu fui o seu mais jovem freqüentador por uma boa dúzia de anos.

A fachada da Missão do Cidadão era inadequadamente construída num alegre estuque amarelo. As portas duplas do centro abriam-se para um auditório com bancos de madeira maciços onde poderiam sentar cem pessoas. Descendo o corredor via-se um palco com um púlpito central à frente. Também nesse palco estavam um piano desafinado e uma mesa com um semicírculo de cadeiras atrás. Dando para a rua havia portas simples, uma em cada ponta do edifício, a da direita levando para os escritórios da administração no andar de cima, mas eu nunca a usei, sempre entrava pela porta da esquerda. Numa fila ordenada de homens famintos, eu andava lentamente para frente, descendo degraus de metal para uma cozinha quente repleta de cheiros e retinir de talheres. Cada um de nós apanhava uma bandeja, colher, prato fundo e xícara de alumínio e, servidos à maneira dos restaurantes *self-service*, nos arrastávamos ao longo da parede numa espera paciente pela nossa vez diante dos balcões fumegantes. A primeira mulher de avental branco – todos os que serviam a comida eram mulheres, sorrindo para nós e ocupadas com sua "causa" – colocava dois pedaços de pão na bandeja, a segunda mulher derramava uma concha cheia de mingau de aveia no nosso prato fundo, enquanto a terceira servia o café quente. Não havia creme, mas açúcar de sobra, e podia-se beber uma segunda xícara. Nós nos alinhávamos em bancos de aço inoxidável e sentávamos junto às mesas do mesmo material, longas e sonoras, que vibravam tanto com o impacto dos nossos utensílios que meus ouvidos sensíveis sempre se enchiam completamente. Por toda parte, se amontoavam homens comendo, e nós nos espremíamos por causa da falta de espaço no salão lotado do subsolo. Às vezes meus companheiros de café-da-manhã falavam comigo, e às vezes não falavam; de um jeito ou de outro, conforme me lembro, dava no mesmo para mim. É claro que eu descobria eventualmente que quase todos eram alcoólatras, e muitos deles sofriam muito com a doença, mas havia também diversos velhos aposentados e outros homens mais jovens de variadas procedências que estavam na maré baixa por causa da Depressão.

À esquerda da Missão ficava o restaurante Manhattan, e sentado em seu carrinho diante do edifício lá estava o Baixinho trabalhando. Ele ficava sentado sob o sol reluzente da manhã de inverno, cuja luz fria vinha tocar o meio-fio da calçada, e, voltando seus olhos inexpressivos para a multidão da Larimer, se recostava na base de uma fonte de ferro pesadamente ornamentada, cujas duas torneiras já não funcionavam há muito tempo, e cujos cupidos dançavam num contraste dourado sobre sua cabeça. Quando passei por ele na direção da 17, ele me deu um lânguido aceno que contrastava com a boca arreganhada que exibia na intimidade do nosso quarto, e eu tomei consciência de que ele devia manter uma imagem diferente para o público.

•

Meu caminho para a Ebert era sempre um cuidadoso ziguezague. O jogo era encontrar atalhos que me adiantassem, não desperdiçar um só passo e, especialmente, evitar o crime de deixar escapar a bola de tênis no quique contiíuo na qual eu a mantinha. Também procurava evitar as rachaduras no concreto, um substituto pouco prático para o jogo de "Veneno da Calçada", que, em viagens posteriores para a escola, vindo de distritos residenciais, desenvolvi ao nível de Arte. Passava por uma das filas de bares e lojas de penhor da Larimer, e então subia a 17 para o recém-criado Federal Reserve Bank, com seus imponentes blocos de mármore de um metro quadrado, e elegantes barras de ferro protegendo as janelas. Ao contrário de outros bancos na rua 17, suas enormes portas de bronze com baixos-relevos ornamentais (representando arqueiros em carruagens em sua maioria) nunca estavam abertas, e eu me maravilhava com o mistério de seus cofres. Então, dobrava numa outra rua à esquerda e seguia pelo quarteirão dos prostíbulos da rua Arapahoe que mais tarde freqüentei. Aí, dava uma guinada para a direita na movimentada rua 18 com suas barulhentas lojas de metal laminado e agências de motocicletas e garagens, atravessando a seguir a esquina da rua Curtis, com a companhia de doces, estacionamento, hotel barato e restaurante ainda mais barato, e subindo para a rua Champa, com a imponente estrutura de colunatas do Correio. Nesse quarteirão eu me lembro de escutar, vindo das profundezas de bolorentas lojas de roupas de segunda mão, os sons estridentes de compenetrados exercícios de um aprendiz de violino. Na esquina do Correio, parava para beber água rapidamente na fonte pública que, ao contrário da maioria das de Denver, não era desligada no inverno, de modo que o gelo cônico se formava na torneira prateada do esguicho, e em certos dias mais frios entupia vitoriosamente a concha e congelava o escoamento da bacia para água derramada. A idéia era evitar as torrentes de água acumulada, pular para a fonte para descolar um gole, e então bater em rápida retirada antes que meus sapatos ficassem encharcados. Se não houvesse neve fresca que pudesse me fazer escorregar, eu em seguida trotava sobre um imenso banco de pedra, cujo tamanho gigantesco fazia com que até os adultos usassem apenas a sua borda para sentar. Eu achava paradoxal o intrigante provérbio gravado em seu granito que advertia contra o excesso de descanso, enquanto o oferecia gratuitamente: "Procure o descanso, mas não demasiadamente". Um salto ágil pelo lado da rua 18 da larga escadaria que circundava o Correio, para andar pelo calor de seu saguão do tamanho de um quarteirão... embora, em dias mais amenos, desprezasse este minuto de calor, e em vez disso disparasse numa correria sinuosa pelos lados acanelados das enormes colunas que davam para a rua Stout, trinta metros de espaço desperdiçado, tomado pela calçada, entre o meio-fio e o edifício. Descia os degraus da rua 19, três de cada vez e em diagonal para o topo aguçado de um muro estreito que desafiava o equilíbrio. Minha corda bamba era a parte de cima de um limite de calçada de quinze centímetros de altura que cercava o terreno do novo Federal Building. Eu parava no meu poleiro inclinado para olhar para cima, para a majestade branca da estrutura quase terminada que agora fazia companhia ao quarteirão ocupado pela massa do substancial Correio. Atravessava a rua Califórnia para entrar na alameda atrás da Igreja do Espírito Santo (onde uma vez exerci as funções de coroinha sem faltar um só dia), e então, por baixo de um cartaz de um terreno baldio, até chegar à interseção de cinco pontas da Welton, Broadway e 20ª avenida. No quarteirão por onde eu passava, a 20ª tinha tráfego de automóveis em mão única, porque era muito estreita. Num dos lados da sua faixa pavimentada, que terminava ali, erguia-se o Hotel Crest, triangular, com seus dez luxuosos andares. Do outro lado havia uma miscelânea de drogarias, lojas de flores, salões de beleza, restaurantes e duas grandes mercearias. Acima desses negócios elevavam-se, lado a lado, edifícios de hotéis cujas sólidas fachadas eram interrompidas apenas pelo espaço de seis metros da entrada de uma alameda. Saindo deste quarteirão tipo canyon, tão raro em Denver, eu corria ladeira acima de encontro a outra raridade. Era uma incomum protuberância pavimentada, com uma tal distância de meio-fio a meio-fio que eu inventei um jogo para atravessá-la. A idéia era prender a respiração, sem inspirar nem um pouco, enquanto estivesse na subida, e se eu não corresse com a máxima velocidade, ou não começasse com uma expansão extrema do peito, não conseguia. Desde o começo da ladeira perto da rua Welton até o topo na Sherman, esse pedaço da 20ª avenida tinha dois quarteirões inteiros, e, no meu caminho da Lincoln para Glenarm, facilmente uns noventa metros de largura. Era como se metade de um hectare tivesse sido impensadamente aplainado, de forma que os automóveis pudessem seguir em qualquer uma das três direções com espaço de sobra. Na realidade, havia um centro triangular de protuberâncias ovaladas no asfalto, que não serviam a nenhum propósito senão orientar os carros, uma vez que um motorista pouco cuidadoso podia ficar tentado a realizar umas acrobacias fantásticas e imaginativas nesse asfalto espaçoso. Anos mais tarde, fiz algumas tentativas de arrancadas em alta velocidade em torno deste triângulo. Minha ambição era realizar esta proeza pelo caminho mais longo, mas um olhar avaliador sempre desencorajava a tentativa. Ao atingir a calçada da rua Glenarm com meus pulmões em andamento dobrado, passava pela escola de administração (mais tarde parte da Universidade de Denver), e após essa esquina, pelas primeiras casas da periferia do Centro da cidade. Elas se aninhavam entre uma esplêndida igreja católica, com torres iguais e esguias de pedra bruta, e o Instituto Bíblico de Denver, cujo estranho campanário era um traço de tábuas achatadas que se escondia sob as árvores do terreno do Instituto. Agora realmente começava a parte residencial, e, da rua 21 até a 22, somente uma pequena loja de doces perturbava a série de casas solidamente agrupadas. Eu cortava a esquina e entrava pelo lado mais distante do enorme pátio de terra batida da Ebert, e corria toda a sua extensão em velocidade máxima, embora esse esforço final não fosse suficiente para vencer a campainha da escola, que estava geralmente tocando quando eu chegava.

Eu lembro vagamente das poucas semanas de blocos de armar e continhas no jardim de infância; como lembro pouco do primeiro ano, exceto pelos penosos esforços para escrever meu próprio nome. Nossa sala de aula era no meio do edifício e dava de frente para o pátio; sob suas janelas havia uma entrada para veículos que era usada pelos caminhões de carvão e para outras entregas, e ao lado dessa entrada havia um escorregador e uma fila de balanços para as crianças menores. Em volta deles, um anteparo de cano de ferro foi construído mais tarde, o que criou um novo atrativo para os balanços, já que os meninos mais velhos descobriram que, se saltassem do balanço exatamente no momento certo, em seu arco mais alto, podiam passar por cima dessa barreira. Eu assisti a esse feito com admiração durante muito tempo antes de me atrever a tentá-lo também; e então, mesmo com o melhor dos saltos, chegava apenas a roçar o topo do anteparo, e muitas vezes, dominado pela excitação, tinha tanto azar que caía montado sobre o anteparo. Perto do centro do pátio havia duas velhas árvores a cerca de trinta metros uma da outra. Por baixo de seus galhos nus erguiam-se as duas tabelas que marcavam a área livre de uma quadra de basquete entre os troncos de casca gasta, secos por anos de iniciais gravadas. Na direção da rua 22, no lado da Tremont, no canto mais distante do pátio, havia um círculo de argolas penduradas, um outro escorregador e um grupo maior de balanços. Ao lado destes havia também um garrafão de basquete riscado no chão. Mais além, perto da Glenarm, estava a casa de cinco ou seis cômodos do guarda da escola, totalmente isolada do pátio por uma alta cerca de madeira que nós crianças éramos proibidas de subir. Em volta de todo o pátio da escola havia uma cerca de arame trançado de dois metros de altura, feita por uma subsidiária da U.S. Steel, como atestava uma plaquinha de metal presa de poucos em poucos metros.

A Ebert em si é um edifício em forma de I, de dois andares, com as salas de aula de ambos os andares preenchendo a barra alongada central do I, à exceção de uma grande sala para o Diretor e a equipe. As pontas iguais do I continham um auditório e um ginásio magníficos. O refeitório da escola no subsolo não era usado pelo corpo de alunos, já que a maioria das crianças morava por perto e ia para casa para almoçar, e assim os escoteiros, o conselho de alunos e outros grupos com atividades semelhantes usavam esta sala para suas reuniões. Mas havia umas duas dúzias de nós que comiam lá mesmo; a cidade tinha dedicado um pequeno fundo para suprir as crianças carentes, cujos pais precisavam requerer isso (o pai adiou fazer isso por semanas); era um lanche ao meio-dia, composto de leite e biscoitos integrais.

Voltando da escola, o ritmo acelerado da manhã desaparecia, e eu fazia tranqüilos rodeios, de brincadeira. Minha preocupação básica era não perder a bola de tênis, com a qual brincava sozinho, e que muitas vezes escapava por pouco, quando, depois de uma quicada, só uma corrida frenética e um mergulho desesperado poderiam salvá-la de escorregar na direção de um bueiro aberto. Se eu não conseguisse alcançá-la no último segundo, ou se condições externas, como o tráfego intenso, impedissem a recuperação rápida, começava uma grande luta com a tampa do bueiro antes que, prendendo a respiração e apertando os dentes, conseguisse ultrapassar a repulsiva tampa de ferro para resgatar a bola do mau-cheiro envolvente da água daquele buraco assustador. Muitas vezes a caçada levava para o plano alto, sempre que eu julgava incorretamente o quique a partir da inclinação de uma cumeeira, e a não ser que fosse um telhado bastante isolado, imune aos meus esforços, nenhuma simples escalada me deteria na luta para fazer com que a calha inimiga me devolvesse a sua presa. Para fazer um estoque, que contrabalançasse os prejuízos, passei a examinar todas as calhas da área, e sentia-me gloriosamente recompensado quando encontrava verdadeiros ninhos de bolas perdidas em alguns dos telhados mais inacessíveis.

•

A Missão do Cidadão começava a servir jantar às cinco horas. A idéia era estar sempre no primeiro grupo, para evitar o atraso causado pelo número cada vez maior de homens esperando para serem servidos. A fila se movia devagar o tempo todo, e quem perdesse o lugar na primeira leva corria o risco de ficar todo o começo da noite até conseguir a sua refeição. Quando sozinho, eu podia realizar toda a operação em menos de meia hora, pois então alguns dos sujeitos mais bondosos da fila certamente me deixavam passar à frente deles. Muitas vezes, ao me esgueirar dessa maneira até a minha comida, eu passava por umas duas dúzias desses homens indulgentes, que, enquanto cometiam a falta a meu favor, piscavam marotamente para seus companheiros e riam expansivos, satisfeitos consigo mesmos. Estes jantares sem espera aconteciam somente quando eu chegava tão atrasado da escola que não tinha tempo de passar no Metropolitan para encontrar o pai, ou quando ele estava caído de bêbado. Geralmente, é claro, nós nos encontrávamos, e então eu ficava na fila com ele esperando a nossa vez na lentidão dos pés que se arrastavam.

Talvez a hora mais excitante do meu longo dia fosse a noite no Metropolitan. Em volta do espaçoso saguão do andar principal ficavam numerosas cadeiras de encosto arredondado arrumadas irregularmente, e que suportavam, com gemidos de protesto da madeira velha, os quilos de carne humana fatigada. Nesse salão de abóbadas altas, cortado por correntes de ar, ficavam os rejeitados que não tinham nada para fazer, e passavam as horas sombrias de seu tempo pesado fazendo exatamente isso. Mas ninguém se sentava muito próximo ao fogão cheio de panelas, no centro de chão áspero de metal, pois, em contraste com os quartos sem aquecimento dos andares superiores e com o frio extremo do lado de fora, ondas indesejáveis de calor irradiavam desse fogão superaquecido, com sua boca sempre aberta rugindo ferozmente.

Havia um saguão interno de menores dimensões e, sob todos os aspectos, mais confortável. Ao contrário do saguão externo, com suas janelas com crostas de sujeira nas quais estava anunciado o preço das camas, esse aposento, além de uma estreita porta, não tinha nenhum outro corte em suas paredes imundas. No seu interior havia uma agradável intimidade que não se encontrava no saguão principal. Agrupados em torno de suas mesas ficavam os homens sem dinheiro matando tempo no carteado. Um ou dois anos mais tarde, quando o Metropolitan se tornou ainda mais entulhado com a escória da sociedade, os proprietários – inventariantes dos muitos bens de um encanador e bombeiro falecido que tinha se ocupado modestamente com astuciosas transações imobiliárias – removeram toda a mobília que existia lá e colocaram catres para fazer um dormitório para pernoites. Agora, no entanto, havia rodadas contínuas de *rummy, cribbage, coon-can, casino, pieute, pnochle, pôquer**: e outras variedades de jogos de cartas. Lá eu passava uma boa parte da noite aprendendo a jogar a maioria dos jogos bastante bem, além de uns truques espertos com as cartas que eu adorava praticar. Passava também muitas horas da noite jogando meu dardo elaboradamente construído... uma

---

* Alguns dos jogos de cartas mencionados não são conhecidos em países de língua portuguesa, não tendo portanto tradução adequada. (N.T.)

agulha de costura enfiada num fósforo de madeira, cuja ponta era fendida para receber as penas de jornal presas no seu lugar por uma linha firmemente enrolada. Apesar da fragilidade dessa construção de criança, o engenho funcionava bem enquanto não fosse pisoteado. É claro que a agulha muito fina necessitava de realinhamento constante, e, especialmente, era preciso refazer sempre as fitinhas de papel, indispensáveis para um vôo estável. No entanto, eu amava essa arma frágil e a fazia voar para o alto com arremessos de canhoto, com velocidades variadas, e sem parar, a não ser para consertá-la apressadamente; corria para cima e para baixo totalmente entretido na brincadeira, disparando meu dardo sobre tudo em que ele pudesse penetrar, cercado por observadores entediados. Esses alvos estavam ao redor de todo o salão cheio de sujeitos sentados: uma mancha de limo no revestimento da parede, acima de suas cabeças, uma rachadura no chão de madeira, uma cadeira vazia, um parapeito de janela, e, embora fossem abundantes, graças aos meus arremessos perfeitos, foi na realidade a falta de alvos novos e a exaustiva procura em busca deles que me fizeram finalmente desistir.

Na parte de trás do saguão, num dos lados da abertura escura da escadaria, destacado pela esmaecida cor dourada que ainda podia ser vista nas suas grades, estava um guichê de caixa. Continha um banco alto típico e um cofre preto de bom tamanho, refletindo em seu polimento sem brilho a luz de uma pequena lâmpada que iluminava ambos. Neste pequeno recinto ficava um homem simpático sentado lá a noite inteira somente para recolher os centavos dos aluguéis dos hóspedes que entravam. À medida que pagavam, cada inquilino escrevia seu nome e cidade de origem num registro realmente antigo e imenso. Com permissão dele, quando eu já tinha me cansado dos dardos e das cartas, meu silencioso prazer era pegar esse livro de registro no meu colo e esquadrinhar suas centenas de páginas manchadas de tinta. Tornou-se um costume meu examinar curiosamente, num ritual cuidadoso, todas as assinaturas, legíveis ou não, e, meditando, pronunciá-las para mim mesmo, para adivinhar pelo som quais eram os nomes falsos, quais eram os de homens agora mortos, de homens subitamente ricos, homens grandes ou pequenos, sábios ou tolos. Assim, começando com as datas de antes do meu nascimento, os nomes no livro de hóspedes que há muito haviam partido me fascinavam, e eu também procurava localizá-los geograficamente no enorme mapa sujo da parede, já que ficava absorvido lendo as longas colunas que relacionavam os nomes de cidades e estados; mais particularmente, porém, viajava mesmo era com os diferentes sobrenomes e suas origens. Entretanto, o destino de cada homem era totalmente desconhecido, e nos devaneios em que entrava ao imaginar a variedade de seus possíveis caminhos, fiquei, pela primeira vez, conscientemente impressionado com a vida.

•

Hoje, na parte mais baixa da Larimer, entre a rua 17 e a 18, há apenas um "Zaza". Na minha época havia dois, mas o cinema que outrora compartilhava este nome agora chama-se "Kiva". A barbearia Zaza, ao lado do cinema, durante esses anos todos, além de conservar o nome original, manteve também o mesmo proprietário e ajudante. Charley, que cuidava da cadeira principal, administrava a loja com uma tranquila dignidade incomum nesse tipo de área da cidade. Durante as duas décadas em que tive a oportunidade de observá-lo, esse barbeiro italiano magro e moreno nunca ficou mal-humorado ou enfezado; e, talvez ainda o mais surpreendente, quando o vi pela última vez, nem um só cabelo preto de sua cabeça tranqüila tinha ficado branco, de forma que ele ainda tinha a aparência jovem do homem que vi pela primeira vez. Também bastante estranho, o mexicano, de fala rápida e que trabalhou ao lado de Charley por tanto tempo, também não me pareceu mudado, exceto por um alargamento maior de seu corpo sempre gordo. Tive a chance de conhecer esses senhores somente porque meu pai, quando viemos pela primeira vez para a rua Larimer, tinha pego um "emprego de sábado" no Charley.

A rotina de cada sábado era igual; nós saíamos do Metropolitan, tomávamos café-da-manhã e íamos juntos para a loja de três cadeiras de Charley e, enquanto meu pai trabalhava nos poucos fregueses da manhã, ou sentava-se na gasta cadeira de barbeiro para descansar os pés, eu absorvia o que podia da *Liberty Magazine* ou da *Rocky Mountain News*. Também me recordo que minha percepção de criança ficava eternamente confusa com as letras no descanso para os pés de todas as cadeiras de barbeiro. Era "The O A KNOX CO CHICAGO" sem pontuação, e eu sempre imaginava se queria dizer "The O. A. Knox Co." ou "Theo. A. Nox Co." Embora mais inclinado para a primeira possibilidade, pela lógica a outra também parecia bastante possível por causa da posição do "O", mais próxima ao "THE" do que ao "A". É engraçado lembrar agora que eu nunca perguntei ou descobri a verdade sobre isso. Bem, vamos em frente.

Com minha inquietação tranqüilizada em parte, por palavras e pensamentos, sentado no banco, inalando o odor pesado de pomadas capilares e talco que flutuava até mim vindo dos homens reclinados que estavam sendo untados e massageados, eu esperava que o Zaza ao lado abrisse, o que roubava um pouco a intensidade da minha diversão da barbearia com a ansiedade do prazer antecipado.

Esse cinema era o pior de Denver, e recebia uma clientela correspondentemente pobre. Pagando dez centavos de entrada, qualquer um (com exceção das crianças, que pagavam cinco centavos) podia sentar-se na imundície de seu interior para assistir à mágica de Hollywood por mais da metade da manhã antes de ver a mesma cena duas vezes. De todas as mudanças sensoriais ao passar da loja para o cinema, a minha memória retém mais agudamente a do contraste nos odores. Saindo do cheiro doce das loções à base de álcool, levava apenas um instante para estar completamente imerso num fedor indescritível, pois um cheiro esmagador estava suspenso em toda parte sob o teto do Zaza. Naturalmente, só consigo me lembrar de uma fração dos muitos componentes deste Grande Fedor, e conseqüentemente não posso imaginar inteiramente suas origens, mas me lembro bem claramente que esta combinação desconhecida se fazia presente por toda parte com um resultado almiscarado que subia como que de fossas escondidas sob a sujeira entranhada do chão. De uma parede a outra ele batia e vinha em ondas sobre o anteparo reduzido do balcão. O aroma compartilhado de cada um dos fregueses somava-se ao suprimento próprio do local para formar uma complexa multiplicidade de podridão, que entranhava nas narinas com tamanha força que, enquanto eu lutava para me acostumar, respirava tão pouco ar quanto possível pela minha boca aberta.

É claro que os programas consistiam basicamente de filmes de faroeste, e, dentre todos os cowboys da tela, meu herói era Tim McCoy; mas, por gostar de música, me lembro melhor de alguns estrondosos sucessos vistos no Zaza durante aqueles anos, pois eram musicais elaborados: *Flying Down to Rio,* com Astaire e Rogers; um com o soprano adolescente de Bobby Breen glorificando o Mississippi enquanto passeava em suas margens; *The*

Zigfield Follies, etc. Havia alguns de outros gêneros, inesquecíveis, como o *King Kong* e *Son of Kong*, com todos aqueles dinossauros aterradores... por meses depois desse filme eu citava em repetitiva cantilena o versinho entreouvido "King Kong joga ping-pong com seu ding dong".

Sempre, depois da sessão, com o prazer em assisti-la tendo compensado amplamente os desconfortos aromáticos, eu retornava imediatamente para a loja e fazia uma descrição vívida de cada cena, com a excitação de uma criança. Charley e o mexicano na cadeira do meio pareciam apreciar mais a minha recriação dos acontecimentos da tela do que meu pai, e, estimulado pela atenção deles, eu não deixava passar nenhum detalhe do enredo, segundo o que tinha visto.

Minhas representações dos filmes da manhã eram feitas no intervalo antes da hora em que meu pai julgava conveniente comer. Para não se arriscar a perder uma barba ou corte de cabelo, já que era pago por pessoa atendida, sua política era adiar a comida até que houvesse uma margem de pelo menos uma vaga em uma das cadeiras dos barbeiros titulares. Muitas vezes, enquanto eu tinha saído, os negócios se intensificavam de tal maneira que esse período de espera pela nossa refeição do meio-dia se estendia pela tarde a dentro. Quando, finalmente, meu pai tirava o avental, me dando a mão com um sorriso grande de amor, corríamos juntos para fora, eu o acompanhando apressado, na direção do bar do Mac, dobrando a esquina na rua 18 perto da Market. Uma vez sentados nessa movimentada birosca de vagabundos, satisfazíamos os nossos paladares com prazer, antes de correr novamente de volta para a barbearia. Apesar desse ritmo, ou talvez ajudado por ele, ir ao Mac no sábado era uma ocasião especial, porque era uma das poucas vezes na semana em que comíamos em restaurante.

Deixando meu pai, eu dividia o resto do meu dia entre o saguão do Metropolitan e as vielas das redondezas. Até que a escuridão me desencorajasse, eu assaltava as latas de lixo numa busca entusiástica por garrafas e qualquer outra coisa de valor. A partir desses modestos começos na Larimer eu me tornaria tão fascinado por "catar lixo" que nos anos seguintes desenvolvi minha coleta de refugos para rondas regulares feitas nos fins de semana por todas as vielas de Denver. Mas agora, sem incineradores nem depósitos de cinzas de casas e apartamentos para saquear, e com poucos tesouros a descobrir nas enormes latas de lixo do centro, a flor desse refinado encantamento permaneceria um botão promissor até que eu fosse viver em áreas residenciais, quando ela floresceu plenamente. Finalmente, arrastando-me sob o peso do pequeno volume dos restos de lixo que minha sacola continha, eu voltava para casa a contragosto com os pés enregelados pela neve, e, enquanto parava para descansar, a dureza da decepção era lentamente abrandada pelo prazer de apreciar o espetáculo a Oeste, onde os picos nevados se erguiam para lentamente encobrir o círculo perfeito do sol de inverno que se punha. No Metropolitan, eu pedia a alguma pessoa amigável que fizesse uma estimativa aproximada dos meus bens, pois assim podia avaliar, orientado por esta estimativa, o grau de safadeza do trapaceiro. Em pouco tempo estes habitantes prestativos do Metropolitan e os próprios trapaceiros de lixo me advertiram sobre quais eram os artigos invendáveis entre as muitas coisas que a princípio eu pensava valer a pena oferecer. Embora este acontecimento tenha me poupado, depois, muito transporte de carga inútil, não ajudava a diminuir minha angústia quando eu revirava uma pilha de latas, ou esquadrinhava a poeira de um monte de cinza, para deparar somente, no fundo, com minha nêmesis costumeira: um aviso de "Lei

Federal Proíbe a Venda ou Reutilização Dessa Garrafa". Quando terminava de avaliar meus variados badulaques, que acumulava aos poucos antes de transportá-los pela distância considerável subindo a Larimer para vender ao lixeiro, eu os escondia sob a escada, e brincava no saguão até a hora de voltar para a barbearia.

A lei estadual determinava que Charley fechasse às nove da noite, e quando eu chegava, perto daquela hora, os risos do almoço de meu pai haviam se transformado em grandes sorrisos de saudação, seus olhos brilhavam com amor sincero; mas este brilho, e as exibições de dentes que sempre ficavam maiores com o passar do dia, não eram motivados basicamente pela minha presença, ou por alívio satisfeito pelo final do dia de trabalho, ou mesmo pelo pensamento de recolher os dólares que ele tinha ganho. Na verdade, a principal razão dos olhos brilhantes e do tamanho cada vez maior das rápidas e excitadas olhadas de soslaio que agora irradiavam de seu rosto afogueado era simplesmente que estava cada vez mais perto o momento esperado da gratificação de seu desejo insaciável. E havia certeza na sua satisfação, pois sábado tinha uma dupla garantia, embora de caráter contraditório. A sobriedade de meu pai para trabalhar de manhã era invariável, pois é bom que se diga, nos anos da depressão, ele raramente perdia um dia de trabalho quando havia algum; e igualmente assegurada, a despeito de já ter sido ou não repetida durante a semana, era a sua Bebedeira de Sábado à Noite.

Eu logo aprendi a não esperar nenhum resultado quando pedia a meu pai para não beber, porque, por muitos meses, ele respondia a essas solicitações impossíveis com afirmações de que pararia, ditas abstratamente mesmo no ato de comprar a bebida destruidora. Então, à medida que eu crescia e ele tinha que se relacionar comigo mais adequadamente no que diz respeito a esse assunto, ele realizou tentativas, que soavam sinceras, de diminuir minhas suspeitas com a regeneração implícita no subterfúgio – "só essa vez". Muitas vezes, também, quando o efeito da bebida o deixava mais à vontade, um impulso nostálgico de chorar o dominava, e então eu era sufocado por um banho de choro durante horas, do qual sempre desviava o meu rosto constrangido. Mas nem soluços de autocomiseração, nem as muitas reiterações verbais ajudaram a tornar realidade suas boas intenções, e eventualmente eu cheguei a entender que, para ele, era impossível parar. Assim, cada vez menos eu lhe pedia que parasse, e, na mesma medida, os anúncios de suas tentativas afrouxaram até que chegou o dia em que ele abertamente rejeitou todos os esforços para fazê-lo. Com essa resignação final ao álcool, na qual honestamente aceitava a sua incapacidade de pelo menos tentar controlá-lo, desisti inteiramente e passei a lutar em vez disso por uma questão de medidas. É claro que ele venceu em todos os estágios dessas negociações, e toda a minha insistência se revelou inútil, pois, diversos anos mais tarde, quando chegamos ao acordo de que ele beberia apenas uma garrafa por dia, fosse qual fosse o dia, seu estado de saturação era tamanho que ao absorver apenas um copo de bebida alcoólica já ficava, de imediato, quase inconsciente. Mas tudo isso ainda estava para acontecer, e, no frescor da nossa convivência inicial, ele simplesmente escondia seu alcoolismo de mim de acordo com os ditames da sorte.

Quando o último freguês já tinha partido, meu pai era pago, e novamente juntos, em espírito de comemoração, ele e eu prontamente partíamos da Zaza de Charley para as amadas luzes da rua Curtis. Rapidamente comíamos outra refeição no restaurante, parávamos num balcão de doces e nos detínhamos momentaneamente numa *drugstore* para que eu me pesasse na balança de moeda, enquanto, por trás de mim, ele comprava o cobiçado objeto que era imediatamente, embora sem sucesso, enfiado no bolso interno de seu casaco. A maneira séria pela qual ele realizava essa tentativa de contrabando desajeitadamente fracassada, à qual meus olhos jamais deixavam de detectar com o coração apreensivo, era tristemente ridícula. Mas eu ficava exultante enquanto escolhia o filme (fazia pouca ou nenhuma diferença para papai o que veríamos), e impacientemente puxava-o pelo saguão apinhado para as escadas (assim ele podia fumar), onde, aninhado no balcão, em meio a casais da classe baixa com suas crianças choramingando, amantes absorvidos em si mesmos, garotões barulhentos e arruaceiros que assobiavam para encabular garotas tímidas que subiam a escada em grupo, às risadinhas, e todas as variedades de freqüentadores de sessões da meia-noite, meu pai bebericava contente seu vinho acompanhado de amendoim salgado. Para mim, ao lado dele, essas horas eram repletas de emoções que se sucediam continuamente. Quase sem notar, minha boca chupava um chocolate saboroso e, bem inconscientemente, sentia a tensão dos dedos pegajosos apertando suadamente e com força a poltrona, pois eu ficava galvanizado enquanto olhava para a maravilhosa tela.

•

Assim, foi com meu pai, mais ou menos um ano depois, que vi o filme que me impressionou mais do que qualquer outra coisa que eu tenha jamais presenciado: "O Conde de Monte Cristo". Lembro nitidamente de vibrar com cada cena numa intoxicação de alegria e, quando saí atônito do cinema, estava de tal forma dominado, que ardia na ânsia desesperada de que a semana escolar começasse, de forma que, na biblioteca da Ebert, eu pudesse retirar o livro em que se baseava o filme. Naquela segunda-feira, mergulhei na leitura de todas as aventuras do conde, e, em minha avidez de ler inteiramente o longo livro, renovei o empréstimo do romance. Daí sobreveio o desastre, pois, para não perder uma só oportunidade de um parágrafo furtivo, passei a carregar meu volumoso herói o tempo todo comigo; cheguei até a aprender a ler enquanto caminhava. A calamidade ocorreu numa tarde, quando parei para inspecionar, em especial, as tartarugas que viviam no tanque do quintal de um amigo rico, repleto de raridades aquáticas. Para examinar essas horrendas criaturas, deixei meu Dumas na forquilha de uma pequena árvore e me ajoelhei, com o intuito de dar uma olhada mais tranqüila. Depois de puxar as dobras de pele repulsiva no pescoço e nas pernas, cautelosamente socar o casco para ver a cabeça gotejante retrair-se e cutucá-la para que se movesse, a minha curiosidade em relação às tartarugas ficou satisfeita, e eu fui para casa. Não tinha ido longe antes de dar falta do livro, e voltei sobre meus passos numa corrida ansiosa. Não estava na árvore, nem podia ser visto em qualquer parte do quintal. O garoto Freddy rapidamente negou que eu tivesse esquecido algum livro, dizendo que não havia nada nos meus braços quando entrei no quintal, de forma que, se havia um livro, devia ter sido largado em algum outro lugar. Sua insistência segura me deixou meio convencido, embora eu continuasse numa procura chorosa entre as moitas do terreno, até que, como se estivesse finalmente exasperado com a minha estupidez, ele exigiu que eu fosse embora. Surpreso com a abrupta mudança de seu comportamento, que o forçava a uma pose confiante de afirmações de que eu estava errado, pronunciadas friamente, para uma ira ou aparente desagrado súbitos e intimidadores, eu me senti revoltado e cada vez mais confuso quanto a sua maneira de agir, enquanto me envergonhava da posição abjeta em que a atitude de Freddy me colocava. Finalmente engoli meus protestos para cambalear para fora de sua propriedade num rubor de encabulado constrangimento com um pouco de auto-recriminação por ter esquecido o livro e, ignorando a razão, esperei ardentemente que ele estivesse certo, que o livro tivesse ficado em outro lugar. Fiz uma frenética reconstituição do caminho até a casa dele a partir do meu armário na escola, que naturalmente fracassou em revelar outra coisa que não a confirmação de que eu realmente tinha trazido o livro na minha malfadada visita... No fim, o medo nervoso se desfazendo num desespero melancólico, aceitei a derrota e parti para o Metropolitan com uma suspeita cada vez mais sólida de que o garoto realmente havia roubado o meu livro e que, quando eu havia, acidentalmente, explorado a área próxima ao lugar onde ele o tinha escondido momentaneamente, ele ordenara que eu saísse para evitar que descobrisse o roubo e em conseqüência detectasse a sua engenhosa mentira.

Nesses anos, a personalidade de meu pai era tal que tornara-se impossível para ele ajudar-me em meu aperto, e enfrentar os ricos pais do garoto, pois para sua natureza delicada já era tão difícil levar uma existência humilhada que seria demais esperar que ele assumisse a complicação adicional de resolver o meu problema com o livro. Assim, sozinho, no dia seguinte, e muitas vezes depois, me esgueirava pelo quintal do garoto para uma busca desconsolada, embora não fosse tão tolo a ponto de duvidar que o livro já tivesse sido levado para sua casa há muito tempo. Ainda assim, não foi esse o caso, como ficou provado alguns anos mais tarde (eu me lembro que tinha quase dez anos), quando o mistério do desaparecimento do livro foi resolvido por um mero capricho da sorte.

Acontece que um dia eu passei pela alameda atrás da casa de Freddy. Junto comigo perambulava o irmão mais próximo da minha idade, Jimmy. Incluído em seus muitos tipos de sadismo estava um imenso ódio pelos animais. Isso havia desabrochado pela imitação fiel de seu ídolo, o segundo irmão mais velho, Ralph. Agora, aos quatorze anos, as atitudes agressivas de Jimmy tinham evoluído muito além do despreocupado passatempo anterior dele e de Ralph; jogar gatinhos na privada e puxar a descarga, e ele tinha desenvolvido um verdadeiro talento para a violência. Eu me lembro que, no verão anterior, eu os tinha visto juntos praticando tiro ao alvo com uma 22 num terreno baldio do leste de Denver, para onde eles tinham se retirado depois de passar a manhã catando gatos sem dono. Um irmão jogava uma criatura que guinchava para o ar, depois de girá-lo pela cauda para ganhar velocidade total, enquanto o outro o enchia de buracos de bala antes que caísse no chão. Jimmy abominava particularmente os gatos pretos, e nesse dia, um bastante impetuoso passou por nós casualmente, e Jimmy lançou-se atrás dele em mortal perseguição. Agarrando-o rapidamente, ele girou-o por sobre a cabeça pela conveniente facilidade da cauda para atirá-lo de encontro à lixeira de Freddy com toda a força possível; então, saltando sobre o atônito gato antes que ele se recuperasse, ele pisoteou o animal no concreto repetidas vezes. Mas a infeliz criatura se recusava a morrer facilmente, e os miolos expostos se espalhavam pela confusão sangrenta que era sua cara esmagada, os olhos solenes piscando mais e mais lentamente – em acusação também, pensei – sob o impacto de cada novo golpe. Perto do fim, na exaustão de sua excitação selvagem, a mira de Jimmy tomou-se tão ruim que ele, ao jogar com fraqueza o felino pela última vez, errou o alvo e, em vez de acertar a lixeira, enfiou-o justamente no espaço estreito que separava esta última da parede da garagem, onde, afinal, o animal predestinado morreu em silenciosos espasmos de seu corpo inchado e impotente. Todo o tempo em que Jimmy estava pisoteando o gato até matar eu estava gritando e puxando-o pelo braço para tentar pará-lo, sem qualquer resultado, é claro. Eu ainda o estava puxando quando ele tentou, com diversos puxões determinados, retirar o animal para continuar a matança, mas, vendo que tinha expirado, subitamente resolveu abandoná-lo e recuou, a raiva reprimida, para reunir as forças perdidas e recuperar seu raciocínio totalmente podre antes de caminhar adiante como se nada tivesse acontecido. Como eu estava com muito medo de Jimmy para segui-lo, subi numa árvore a uns poucos metros de distância. Depois de sua partida indiferente, com apenas um único olhar para trás cheio de desprezo, eu desci para olhar para o gato em chorosa desolação e nojo, para a carcaça trêmula, olhando morbidamente o sangue que escorria pela sua carne arrebentada. Descia no pêlo preto em gotas que caíam livremente, formando riachos que deslizavam pelos tijolos cor-de-ferrugem, e, conforme o sangue grosso ia procurando seu lugar, começou a fazer uma poça de líquido escuro sobre – o meu livro!!!

Minhas lágrimas pararam de correr, e meu coração recusou-se a bater por um instante quando encontrei o meu Conde perdido há tanto tempo. Lá estava ele, exatamente como Freddy, deve tê-lo jogado por simples brincadeira, e depois de três anos de exposição ao clima severo de Denver, jazia estropiado, com o animal morto, agora profanando ainda mais o meu idolatrado compêndio. Ignorando com dificuldade o gato, forcei o braço suficientemente para dentro da fresta para poder agarrar a capa e resgatar meu velho herói. Raspei o sangue fresco e os pedaços de entranhas com toda a precisão que meus nervos enojados foram capazes de permitir para essa tarefa de amor, e alisei as páginas marcadas pelo tempo com grande cuidado antes de apertá-lo contra o meu peito agradecido.

E assim, meu troféu conspurcado foi recuperado, e foram ressuscitados outra vez os prazeres tão ruinosamente assassinados desde que ele tinha se perdido. Ler Dumas outra vez me fez compreender que eu não teria trocado, mesmo se possível, um momento da alegria oferecida por estas espantosas aventuras intelectuais por toda a paz que $1,68 teriam me dado, pois eu tinha aturado cinco anos da perseguição quase diária da bibliotecária da Ebert, antes de finalmente conseguir realizar o pagamento dessa quantia, que havia sido o custo do livro para a escola. Tal escala de valores era tudo que eu tinha para racionalizar a periódica agonia suportada no decorrer dos anos em que enfrentava Mrs. Utterback, na sua sala encantada, repleta de volumes, tendo que admitir que não tinha dinheiro. Na realidade, foi preciso que a escola se recusasse a me conceder a formatura para que eu conseguisse, finalmente, alguém para pagar pelo livro. Qu em veio em meu socorro foi a esposa de meu irmão Jack, Rita, que, nesse meio-tempo, me deu a importância tirada das gorjetas da manhã, no seu trabalho de garçonete.

Naturalmente, a minha leitura do Conde tinha sido minha primeira incursão de vulto no terreno do pensamento mais amplo, e, juntamente com o filme *The Invisible Man*, havia dado à minha imaginação tudo que ela precisava. Ao caminhar de volta da escola para casa, muitas vezes eu ficava momentaneamente perdido de tão distraído que me tornava sob efeito dos grandes devaneios que seguiam os fios do enredo até o fim, e que depois continuavam com suas próprias imagens, até que todos os pensamentos ficassem sufocados em si mesmos.

Não havia refluxo no amor pela literatura que havia brotado em mim, e, enquanto daí em diante eu a perseguiria numa solidão satisfeita, por outro lado ainda me via forçado a procurar meu pai para orientar minha mente inquisitiva quanto ao sentido das coisas retratadas no cinema. Porém, seus ensinamentos eram indecisos, já que ele próprio raramente tinha certeza de alguma coisa. Isto é, se ele sabia realmente uma determinada resposta, caso ela pudesse servir para duas ou mais coisas, ele simplesmente evitava qualquer pronunciamento positivo, porque o hábito de falar sem se comprometer era forte demais nele para permitir qualquer declaração direta, quando havia alguma possibilidade de erro. Desde que tinha começado a beber, mantinha-se na segurança das opiniões não-formadas, em conseqüência da necessidade de concordar com qualquer idéia expressa. Isso, paradoxalmente, era particularmente aparente quando ele estava falando sobriamente indeciso até o âmago na prolongada repressão de seu ego tímido, sua mente adormecida se recusava a cristalizar o que quer que fosse, e fazia hábeis manobras para evitar até mesmo a mais trivial das opiniões, se houvesse possibilidade de ser chamado a defendê-la. Um exemplo de sua regressão, que claramente demonstrava o declínio que tal sujeição mental tinha provocado no seu poder de raciocínio, ocorreu quando eu perguntei a ele o que a palavra "Kill" queria dizer no título do filme *Four Hours to Kill*. Depois de explicar que significava assassinar alguém, lhe ocorreu a idéia de que poderia significar também matar o tempo, e sua mente, embora rapidamente confundida, deve ter sabido que esta era a opção correta; porém, perversamente, sua natureza se sentiu obrigada a perscrutar na neblina dos pensamentos, em busca de uma terceira possibilidade difícil, que, embora não tenha sido descoberta depois de minutos de pensamento intenso, era vista como algo que era melhor procurar do que arriscar-se a uma decisão precipitada em um dos sentidos mais prováveis da palavra.

Somada à hesitação intelectual de bêbado, e numa medida maior do que o habitual, havia seu traço gêmeo de docilidade. Na sua fraqueza, meu pai aceitava ser completamente subjugado pela força de seu vício, e, assim vencido por sua investida, sua escravização renitente à bebida produzia a força que sustentava a sua delicadeza de santo que sempre exibia quando estava sóbrio. Interiorizando profundamente o excesso destrutivo de um defeito incorrigível, sua alma assumia a culpa que tornava inquestionável a justeza de seu sofrimento, e, sem amargura evidente, ele inocentemente aceitava o tormento infligido, como se não soubesse que podia protestar. Nele, essa virtude cristã de "virar a outra face" não era uma pretensão, pois a pouca estima que tinha por sua pessoa ébria criava uma humildade quase genuína sobre seu pecado; e assim, debilmente envolvido no seu próprio equívoco, ele não podia ser exigente, e era cego para os erros dos outros. A atitude servil criada pela autodegradação excessiva é demonstrada pelo fato de que, embora meus irmãos, particularmente Jack, o tenham espancado e caluniado anos a fio com uma arrogância brutal e cruel, jamais lhe ouvi pronunciar uma palavra que não fosse da mais alta consideração por eles. Expressar tais idéias, estúpidas e abjetas, não era a verbalização hipócrita do medo; ao contrário, isso era motivado por seu honesto sentimento da superioridade deles, como também uma aceitação interior de que as coisas baixas que diziam dele eram todas absolutamente verdadeiras.

É claro que, sendo tal capacho, todos gostavam dele, e raramente sua submissão não era notada por aqueles que o viam regularmente. Mesmo entre as personalidades não-violentas dos vagabundos sombrios com quem nos associávamos, havia comentários como "Neal não faria mal a uma mosca" e "Dê ao barbeiro mais um trago – ele é tão porra de tímido que pode esquecer de pedir". De minha mãe ou de umas poucas outras mulheres que ele conheceu depois, vinha um "Neal é um homem tão bom, tão carinhoso e cheio de consideração; se ao menos ele parasse de beber". E dos meus irmãos, "Neal é legal quando está sóbrio, mas isso não é freqüente".

Minha preocupação com o problema a princípio expressava-se somente numa exasperação cada vez maior com a necessidade de tatear e insistir nas bordas de seu intelecto antes que ele dissesse "sim" ou "não" sobre qualquer coisa em questão. Só mais tarde passei a me ressentir do fato dele ser escorraçado, e então ficava duplamente irritado, pois ele continuava a ser uma massa inerte, enquanto eu, uma criança ignorante das coisas da vida, oscilava entre instigar e implorar para que ele parasse de aceitar tal abuso. Mas naquele momento, a única coisa que realmente me deprimia era o entorpecimento absurdo de seus movimentos, em especial quando estava bêbado. Pois me lembro que, depois de nossas noites de sábado na rua Curtis – que invariavelmente terminavam comigo socando, até que ele acordasse da soneca embriagada em que se encontrava, pois, no clarão rude das luzes da rua, pessoas curiosas olhavam com expressão embaraçada enquanto seguiam em frente – eu cambaleava com ele numa frustração angustiada para casa, pois seu andar em câmara lenta prolongava desnecessariamente uma caminhada já suficientemente mortificante pelas ruas bem iluminadas, embora eu soubesse que, na realidade, não tinha motivo para ficar envergonhado. Já que os pedestres eram esparsos e o fato deles nos olharem de qualquer maneira significar pouco para mim, eu estava, na realidade, fabricando emoções artificiais em reação a sua lentidão.

De certo modo, ele retardava minha correria nos nossos domingos também, mas, não sendo então necessário ajudá-lo a manter-se ereto, eu dirigia seus passos à distância, e não sob seu peso esmagador, de forma que sua lentidão irritante se transformava apenas na demora normal dos adultos seguindo um menino em disparada. Já que eu estava numa febre de excitação, mergulhado exclusivamente na alegria explosiva da exploração, para minha mente desatenta a qualquer outra coisa, fazia pouca diferença qual pudesse ser a causa da languidez de meu pai. Agora compreendo que, com a cabeça doendo e o estômago embrulhado, suportando o severo nervosismo dos "tremores", aquele seu sorriso fraco, que freqüentemente sugeria um pedido de descanso, pode ser visto agora como sendo o riso doentio de um homem com uma certa bravura. Pois eu não lhe dava trégua, porque domingo era "meu dia" – inteiramente dedicado para ser passado fazendo-o palmilhar, de manhã à noite, as milhas de incontáveis maravilhas que eu partia para descobrir, abaixo da linha da Larimer, na boca-do-lixo de Denver, numa vasta área onde, mais e mais constantemente, eu começaria a passar, sempre em alta velocidade, o resto da minha infância. Meu pai conhecia a região melhor do que a maioria das pessoas de Denver, porém logo não com a mesma intimidade do que minha mente altamente impressionável, que, uma vez tendo iniciado o processo, gastava boa parte dos seus primeiros anseios na busca frenética pelas complexidades sempre novas que lá eram abundantes, em profusão incontável. Por causa do tempo horrível, meu pai não tinha me mostrado essa terra de sonhos até quase noventa dias depois de nossa estadia inicial no Metropolitan, pois tudo era tragado pelo passatempo que mais tarde viria ocupar todas as nossas noites de inverno – jogar cartas. Durante todos os domingos de fevereiro, março, e da maior parte de abril, fiquei aprendendo a jogar cartas, especialmente *rummy*, enquanto ouvia, com pouco entendimento ou atenção, os companheiros vagabundos desfiarem suas estórias de vicissitudes e fomes passadas. Mas, no primeiro dia bom da primavera, meu pai me abriu os novos horizontes de um país das maravilhas altamente diversificado que, eu me lembro, foi o primeiro passeio permitido, isto é, minha primeira recreação – uma caminhada feita com propósito de procurar diversão e não, como antes, diversão como uma conseqüência de viagens na direção de um destino definido. Sempre, nestes domingos que me eram tão generosamente concedidos por este último resquício da sua constância – em rápida extinção – em realizar qualquer ação, por mais temporária que fosse, ele conseguia lutar para acordar na hora para nosso tardio café-da-manhã na Missão. Tranqüilamente retornávamos na direção da 16 e descíamos a rua deserta de Sabbath num passeio errático, cujo prazer naturalmente aumentava à medida que nos aproximávamos do parque. Passando pelo Metropolitan de novo, geralmente interrompíamos nossa expedição para bater papo com os rapazes que, decorando não muito graciosamente os degraus da frente com suas figuras desagradáveis, amontoavam-se fracos em torno do portal salpicado de saliva, de modo a absorver toda a força que pudessem de um momento no sol, pois banhos de sol eram uma preocupação constante deles, já que a energia que o sol transmitia era o tônico que seus corpos alcoólatras necessitavam para destilar o sofrimento da manhã e recuperar uma aparência de normalidade.

Nosso trajeto, depois de deixar o grupo de terapia com seus problemas de saúde, era em linha reta para a Estação da União, e daí para o rio Platte e seu terreno rochoso. Da rua Market para a Wynkoop eram quatro quarteirões pequenos consistindo do posto de gasolina, da companhia de sementes, do armazém da American Furniture Company, da loja de canos e material hidráulico de Crane, da Companhia Singer de Máquinas de Costura e do *showroom* da Cummings Automotive Diesel. Havia também, ao longo desta rota, um punhado habitual de bares, restaurantes e hotéis baratos. Mantendo-se à nossa direita, no começo do viaduto, passávamos por um quarteirão de sombras sempre úmidas que se aproximavam do ronco dos motores que zuniam acima de nossas cabeças; era um lugar eternamente bloqueado da luz solar pelo edifício da Great Western Sugar, por um lado, e do outro pela Solitaire Coffee Company. Então, mais para a direita, surgia a Estação da União e, a não ser que a chamada da sala de espera, na qual meu pai acreditava firmemente, tornasse o desvio necessário, evitávamos o edifício, por causa das linhas sem saída do galpão de trens do outro lado. Ao invés disso, fazendo um ângulo para a esquerda, circundando homens ocupados carregando correio e bagagem até os vagões atrelados atrás das locomotivas que silvavam, passávamos para o pavimento esburacado da rua 15 para cruzar os trilhos. Agora, paralelo à nossa esquerda, erguia-se um barranco de terra de mais de uma milha, o viaduto da rua 14, e, espalhadas sob seus sete metros de altura, havia pequenas carvoarias espremidas entre as altas pilhas de um desastre mudo que constituem o estoque do ferro-velho de automóveis, tudo isso protegido apenas por arames soltos de cercas cuja frouxidão era uma tentação constante à exploração. Porém, escondidas de nossa visão por esta movimentada via estavam as maravilhas ainda maiores da rua 1 até a 14; as lojas da Estrada de Ferro Santa Fé, com seus incontáveis suprimentos em pilhas perfeitas, a rotunda com um trilho dirigindo-se para um fascinante cemitério de locomotivas, armazéns de móveis com janelas de madeira, pequenas empresas de tinta, cereais e óleo, e, dispersas discretamente, as pequenas pilhas de lixo da Selva dos Vadios.

Seguíamos direto em frente, passando, à nossa direita, pelos escritórios de frete da C. B. e Q., onde, em um dos meus primeiros empregos, eu reinaria sozinho da meia-noite às oito da manhã, admirado de terem confiança em mim. Depois disso, flanqueados pelos esporões dos pára-choques de carros-frigoríficos estacionados, estavam um cais de descarga para vagões e um imenso guindaste; então os trilhos afinavam gradualmente, sumindo no nada.

Onde o rio South Platte escoava sob a ponte da rua 15, uma construção de ferro e madeira que gemia alto em protesto contra os veículos que trafegavam sobre sua superfície já em rápida deterioração, descíamos uns três metros e meio mais ou menos até o leito de cascalho onde passávamos a maioria das nossas tardes de domingo, passeando para cima e para baixo entre as centenas de metros de meia-praia da rua 15 até a 17. Aqui minha preocupação principal era arremessar pedras na água, contando cuidadosamente o número de vezes em que conseguia fazê-las quicar. Esse passatempo me preocupou por muitos anos, como também todo tipo de arremesso durante o meu Período de Denver, até que eles foram eventualmente interrompidos por uma contusão no ombro esquerdo, conseqüência do futebol. Uma vez que a escolha – de máxima importância – da forma e peso da pedra plana e especialmente o ângulo com que ela tocava a água pela primeira vez contrabalançavam em grande parte a força do arremesso, eu, embora ainda não tivesse sete anos, logo obtinha resultados que chegavam à casa das dezenas, e, antes da minha idade chegar às dezenas, era constantemente capaz de fazer a pedra pular vinte e cinco ou mais vezes. Assim, com meu pai sentado para aplaudir e me esperar enquanto eu corria jogando pedras, apagávamos em íntima harmonia nossas luzes de domingo, antes de uma caminhada lenta para o jantar das seis horas na Missão e nosso retorno para o saguão do Metropolitan, onde jogos de cartas e conversa masculina precederiam a cama.

Nos anos seguintes da pré-adolescência, toda a cidade se tornaria meu parque de diversões – com a paixão cada vez maior por "catar lixo" encontrando muita liberdade para expandir-se –, de forma que, até mesmo as extensas milhas do leito seco, reduzido a um fio, do Cherry Creek, raramente percorridas desde os dias dos garimpeiros (desde sua junção com o Platte na rua 14, passando por todos os bairros residenciais e o movimentado centro ao longo do boulevar Speer, até a avenida University e adiante, sem estrada, para suas cabeceiras, bem além dos limites a sudoeste de Denver; fazendas de leite, granjas de aves, academias de hipismo e boates interioranas), concederiam à minha mania os mais absorventes tesouros daquela decadência, isto é, lixo – em sua maioria garrafas vazias de vinho e cerveja (de interesse para atiradeiras) sob as dúzias de pontes ideais para vadios, juntamente com pneus velhos, etc., mais galhos pendentes de árvores por onde subir até as paredes laterais de cimento de quatro metros de altura ao lado do riacho. Na primeira temporada explorei – na maioria das vezes sozinho, mas às vezes com mais um garoto ou dois – toda a extensão que separa o centro de North Denver. Basicamente, eram as margens do Platte que forneciam o flexível corredor para minhas viagens, que começavam perto de uma imensa chaminé vermelha de uma olaria na parte nova da 8ª avenida onde o rio ainda fluía, antes de ser represado, até seu triste final numa imensa chaminé de tijolo que era a maior da nação, quando construída em 1890, e ainda a mais alta a oeste do Mississippi, quando dinamitada e demolida numa série espetacular de explosões uns poucos anos atrás, e finalmente condenada por uma rachadura de vinte anos num dos seus lados. Da população de meio milhão de pessoas de Denver, mais de três quintos vieram assistir à operação, que durou o dia inteiro. Perto do escritório do pátio da U.P. na 38ª avenida, essa chaminé, tentadora por causa das esplêndidas ladeiras para ciclismo próximas a ela, foi também meu destino na primeira fuga de casa, aos oito anos. Foi para lá que muitas vezes depois me encaminhei, mas nos primeiros anos destas explorações sempre emocionantes, me reprimia ao máximo, e aprendi a nadar um pouco (mas não a mergulhar, ficando confinado à água pela minha nudez bastante embaraçosa) sob o viaduto da rua 14, onde a junção de Cherry Creek com o Platte, aqui já encanado, tinha sido represada até a altura um pouco acima da minha cabeça, para que a usina de eletricidade Intercity pudesse ter energia. Eu me lembro de olhar, através dos pesados portões de arame que abriam para um motor de ignição que punha gôndolas de carvão de um brilho molhado para dentro do edifício, extasiado com a enormidade da construção e com o interior – andares, caldeiras, canos, medidores e tudo mais – que, embora mantido imaculado como todas as usinas elétricas, parecia estar inteiramente recoberto por uma fina camada de óleo de máquina. Lembro-me também que o zumbido agudo dos dínamos vibrando era capaz de me hipnotizar durante horas. E mais adiante, logo na saída da rua 16, havia um verdadeiro castelo de pedra, todo vedado agora, e usado como vestiário dos ferroviários – antes ele havia sido o terminal de depósito da filial da Moffet Line, de Craig. Eu ficava de pé, sentindo-me orgulhoso ao pensar que o trilho, que terminava antes de passar pelo túnel ferroviário mais longo da América – o recém-terminado Moffet, oito longas milhas –, ia mais alto do que qualquer outra estrada de ferro dos EUA. E, aumentando, à medida que eu seguia trotando (em um ano ou dois esse hábito de correr tornou-se tão forte que eu estabeleci uma regra de nunca andar enquanto estivesse na rua, a não ser que fosse forçado a fazê-lo por estar acompanhado de um adulto), surgiam pequenas pilhas: basicamente eram latas repletas de fuligem e jarros d'água feitos de garrafas de vinho, tudo reunido em torno de um inevitável círculo de pedras dispostas com bastante regularidade para sustentar a grelha improvisada, às vezes feita de um cabide de roupa de arame torcido ou da grelha interna da bandeja de assar de um forno de fogão. Logo eu passaria a viver em selvas como essa por todo o Oeste, aprendendo até a escolher uma para passar a noite, sendo o principal requisito a proximidade de água e lenha. Eu, é claro, raramente iniciava um acampamento, mas apenas procurava um abandonado, de modo que o pai e eu e seus habituais um ou dois chapas – com os quais ele saía para mendigar enquanto eu investigava – pudéssemos ficar a sós. Raramente nos aproximávamos da turba principal de vagabundos quando os encontrávamos nos pátios ferroviários maiores; talvez meu pai, achando que eu era alguma espécie de objeto de valor, temesse por nossa segurança. Em todas as oportunidades que tinham, os vagabundos pediam a meu pai para que eu os acompanhasse nas expedições de coleta e, embora eu pensasse que o valor da minha presença enquanto eles mendigavam era exagerado, ainda assim via que nós sempre conseguíamos comer, enquanto outros freqüentemente não o conseguiam, ou pelo menos também não, já que em cada acampamento de improviso nós geralmente concordávamos em conseguir o possível e então voltar para dividir tudo como num fundo comunitário. Algumas vezes eu e meu pai tínhamos sorte bastante para cambalear de volta com os bolsos estufados e o estômago já forrado. Acontece que os vadios, em sua fome insaciável, devoravam tudo imediatamente, a não ser o que precisava ser cozido; por isso, as escolhas consistiam sobretudo em feijões e batatas no magro Mulligan.

Em Denver, a base de operações de vadios – agora tornada nostálgica – onde eu passava mais tempo brincando, era bem solitária, ao contrário da maioria dos que ficam à beira das estradas. Embora quase no meio do grande congestionamento de estrada de ferro e rodagem da rotunda próxima da U.P. e do viaduto da rua 24, era solitária mesmo com a agitação que a circundava – um elevado de estrada de ferro como do interior, de construção sem revestimento, com um fino contorno de concreto, como uma fita no alto, sobre o qual tinham escrito um número para mim inconcebível de obscenidades, desenhadas com um traço fino e difícil de decifrar. Mas, na minha idade, estas palavras e figuras não podiam ser apreciadas devidamente, fragmentos de sabedoria futura, e eu me lembro de gostar muito mais das escaladas maravilhosas que as muitas estruturas do viaduto propiciavam, exceto a da rua 16 (a única toda de concreto), cujos arcos eram altos demais para alcançar, de forma que muitas vezes eu olhava essa ponte com frustrado desejo, imaginando se alguém poderia deslizar lentamente por suas curvas graciosas e assustadoras.

Presente repetidamente nos meus sonhos deste período (juntamente com muitos outros, potentes e realísticos, nos quais eu lutava para subir e descer de todos os vagões de carga vazios que enchiam os pátios das cinco estradas de ferro classe A de Denver) ficou outra descoberta de uma das minhas primeiras excursões por esta área circundante: o moinho de farinha *The Pride of the Rockies**, cujo interior, há muito abandonado, eu havia explorado diversas vezes antes de um guarda da indústria me descobrir. Mandado para fora, não me atrevi a retornar durante anos, pois nunca desobedeci nenhuma ordem de um estranho até ter mais de dez anos e estar além do sexto ano da Ebert Public Grammar School. Na realidade, eu parecia ter sofrido uma permanente mudança de caráter, uma coincidência que merece ser destacada aqui, com o começo de cada nova escola: Ebert, cinco anos; Cole Jr. High (a maior a oeste do Mississippi), 11 anos; East Denver High, 15 anos de idade. Esses sonhos vívidos – sentidos com intensidade como todos os anteriores – estavam repletos da geografia da construção. Neste moinho, havia um espaçoso andar no subsolo que sustentava uma enorme caldeira estacionária que se erguia por três andares inteiros, com estreitas saliências de cimento e muitos passadiços de ferro presos a seus lados. Os andares superiores abrigavam grandes máquinas que pairavam tão juntas que todas as passagens eram meros túneis, mesmo para quem tinha o meu tamanho. Havia quadrados recortados no concreto para permitir a passagem de gigantescas correias estendidas em poderosas teias de couro por todo o moinho, enquanto, sobre as peças quebradas em desordem da maquinaria (muitas mais pesadas do que bigornas, pedaços irregulares de correia largos demais para manejar, enormes grades – ainda, em sua maior parte, firmemente estruturadas em tiras de aço laminado, cheias de muitas pequenas peças sobressalentes, molas, rodas, parafusos, etc.) e sobre a própria construção adormecida, estava a poeira acumulada de vinte e cinco anos. Assombrosamente, era uma poeira morta; embora chegasse até os tornozelos, nem um só grão jamais subiu

---

* O Orgulho das Rochosas. (N.T.)

para penetrar nos meus sapatos enquanto eu circulava em admirada solonência. Tudo permanecia quieto, nenhuma atividade e nenhum som, exceto uma coisa: centenas de moscas energizadas pelo sol zumbiam sobre mim. Eu me sentia numa tumba, tão isolado ficava pelas grossas paredes do viaduto que rugia na rua 20 a apenas alguns metros de distância. Também, e ainda mais opressivamente, o calor do verão parecia intensificar-se regularmente até que, com o tempo, sua ebulição tornava-se completa demais para que se pudesse algum dia escapar dali...

Capítulo 2

Desde que nos juntamos pela primeira vez à brigada de vagabundos da Larimer, meu pai tinha aguardado impacientemente pela chegada do verão e a minha liberação na escola, para que pudéssemos então começar nossa viagem para o leste, pois ele tinha falado do Missouri durante todo aquele ano, e da agradável visita que faríamos, especialmente da comida boa e abundante. Finalmente o dia chegou, perto do meio de junho de 1932, e com nossas mudas de roupa enfiadas no saco de roupa de cama nas costas dele, meu pai me levou para o pátio de vagões de carga da U. P. no norte de Denver. Ele planejara pegar o trem de manhã cedo, o das mercadorias que sai da rua 38, mas saímos tão tarde que o trem já tinha partido, e assim, em vez de esperar pelo próximo trem, descemos sem problemas até a auto-estrada, onde tivemos sorte instantânea – um homem a caminho de Cheyenne nos apanhou antes que tivéssemos andado cem metros.

Agora, ao conseguir essa primeira carona, meu pai demonstrava duas idéias (que se opõem aos seus contrários obviamente mais razoáveis) e que eu também seguiria durante as minhas caronas impacientes da adolescência: a primeira era andar sempre, mesmo à noite, e não esperar que alguém pare e te pegue; isto é, nós não havíamos nos detido num local conveniente mas andamos uns cem metros. A outra – idéia gêmea deste método "acredite-na-

Providência", que é o que rege o transporte de vagabundos – era que qualquer carona é melhor do que nenhuma; e isto implicava o fato de não permanecermos apenas na auto-estrada 6, na saída de Denver (onde ela fazia um pequeno ângulo para a direita enquanto serpenteava para o norte, passando por Ft. Collins e Sterling para encontrar no sul do Nebraska com a U.S. 30, a auto-estrada Lincoln). Isso mostrava que ele achava melhor obter o nosso "avanço principal" enquanto podíamos, mesmo que assim saísse-mos do caminho mais direto para o nosso destino, Union-ville, Missouri, já que Cheyenne, umas cem milhas mais ao norte, ficava ainda algumas centenas de milhas a oeste da junção da 6 com a 30, no centro do Nebraska. Embora andássemos de carona desse modo errático, era sair-de-um-carro-e-entrar-noutro a cada parada. Provavelmente porque a minha tenra idade para estar na estrada aliviava o medo natural das pessoas e as fazia inclinar-se a uma atitude simpática, sendo assim poucos os que hesitavam em nos dar uma carona; e deste modo, apesar da rotina otimista de meu pai, que muitas vezes nos largava em locais tão inoportunos para conseguir uma carona quanto um descampado do interior à meia-noite, tivemos o prazer de fazer uma viagem incrivelmente rápida.

Dispersas em meio à mancha das lembranças jazem alguns acontecimentos de destaque que ocorreram nesta primeira jornada fora de Denver. Uma foi um carnaval perto de Grand Island, Nebraska, pelo qual meu pai bondosamente me ciceroneou. Outra lembrança, entre as memórias ligadas a viagens de carona, foi a sensação tensa de estar sentado todo esticado para poder espiar por cima do painel os faróis que sacudiam diante do trator de uma semimecanizada, e então, o doce sono embalado pela canção de ninar do ronco do motor, metido na enorme cama atrás do motorista. Novamente, também, horas vividas passadas alegremente observando uma paisagem sempre em movimento durante a viagem. Estas emoções gratificantes aconteceram na parte da viagem de carona indo para o leste; dois meses mais tarde, no retorno pelo Missouri, Kansas e Colorado, os incidentes recordados se configuram menos agradáveis. Retornamos em trens de carga, monstros muito mais assustadores do que o costumeiro automóvel, tanto que, por anos a fio, eu acordava com pesadelos de suas travessias barulhentas e, ao som de qualquer apito verdadeiro, enfiava-me desesperadamente sob os cobertores.

Controlei este terror infantil na minha primeira viagem de trem, um instante antes de pular para dentro dele, segundos antes da partida, com meus braços ainda carregados de galinha frita fria, saída fresca da fazenda de tia Eva perto de Unionville. Tínhamos vindo no caminhão que transportava gasolina do primo Ryal, e então, por pura sorte, pegamos essa longa carona expressa, que rodou a noite inteira. Finalmente, numa cidade do centro de Kansas, o trem parou, e a maioria dos mais ou menos doze vagabundos amontoados no nosso vagão de carga concluíram corretamente que o suprimento de água da locomotiva tinha se acabado; assim, enquanto o tênder era enchido, diversos deles, meu pai inclusive, desapareceram por um caminho escuro numa busca apressada por água para todos nós bebermos. Embora sabendo que em poucos minutos uma locomotiva é reabastecida, eles sentiam-se obrigados a aproveitar essa oportunidade – provavelmente a única por um bom tempo – de procurar um refresco para eles e para mim, "o coitado do guri". Eu, em especial, sentia sede, conseqüência óbvia de toda aquela galinha salgada devorada em poucos minutos, e meus choramingos de protesto encontravam a simpatia dos homens de garganta seca, para quem minha presença emprestava temporariamente a dignidade da motivação desinteressada, a tal ponto que, notando como meu ruidoso sofrimento dispensava seus próprios gemidos habituais, fiquei suficientemente consciente da minha própria importância para tentar controlar meus soluços.

De repente, o vagão de carga começou a mover-se abaixo de mim. Esquecendo instantaneamente minha refletida determinação de acalmar o rosto contorcido, me voltei ansiosamente, dando as costas aos demais, para buscar na escuridão sinais do retorno do pai. Eles não apareceram, de forma que, à medida que o trem ia ganhando maior velocidade, eu estava de novo berrando de pé na porta. Logo estávamos indo depressa demais para esperar que qualquer cabecinha surgisse de dentro da noite e pulasse para o nosso vagão de carga, e os vadios, aparentemente conscientes de que eu poderia pular, juntaram-se uns aos outros para barrar meu caminho para a porta. Primeiro tive um espasmo suficientemente frenético para ser histérico, gemidos, uivos, etc., depois desabei no meu canto em soluços que vinham mais lentamente, e comecei a pensar no apuro em que me encontrava, pois, tendo perdido meu pai e estando certo de que ele nunca poderia voltar, me senti terrivelmente sozinho. Encadeados, dois pensamentos básicos gradualmente predominaram: como voltar para Denver só, e como absolver a minha culpa por esta catástrofe. Ali deitado, me esforcei para descongelar minha mente de seis anos e meio e vencer a preocupação de encontrar o caminho de casa. Ainda assim, nunca realmente formulei nada, uma vez que, geograficamente, mal podia esboçar um plano, e o tempo todo, para piorar, muitos pensamentos arrependidos me apunhalavam, tais como "Se nós não tivéssemos ido, ou se voltássemos em segurança, eu juraria nunca mais beber água, mesmo com toda a sede". Eu sabia o quanto isso era impraticável, porque então morreria, mas foi isso que escolhi e preferi deliberadamente assim, sentindo que tais extremos de alguma maneira contrabalançariam tudo para ter meu pai de volta. Também, desta forma poderia ser perdoado pelo que eu considerava minha aflitiva culpa pela sede, que, em suma, o havia afastado de mim. Naturalmente, os vagabundos tentaram me acalmar, mas eu rejeitava suas atenções de tal forma, que, embora parecesse uma teimosia normal, realmente espontânea provocada pela zanga, ela acabou desencadeando, depois de diversas horas de recusa contínua a qualquer consolo, um orgulho paradoxal de autoconfiança que finalmente venceu o meu medo o suficiente para permitir um sono entorpecido.

Por milhas que para mim foram infindáveis, nosso trem seguiu roncando pela planície desolada, e já estávamos no fim do dia quando chegamos a Goodland, Kansas, e ele parou de novo. Eu tinha passado as horas desde o começo da aurora rolando sobre enormes folhas de papelão espalhadas em grossas pilhas ao longo de um dos lados do chão do carro de carga, e, quase recuperando um sono convulso, ainda me recusava a falar com os vadios que compartilhavam a cama comigo, por mais que eles tentassem se aproximar de mim. O trem tinha parado não fazia nem três minutos, comigo acordado apenas o suficiente para brincar com a idéia de sair para esticar as pernas, embora o temor de uma caminhada encabulada em meio àquelas figuras relaxadas que conversavam me cortasse. Não tinha me atrevido a levantar a cabeça quando, rápido e silencioso ao chegar de surpresa, meu pai me agarrou e me ergueu desajeitadamente curvado num longo abraço choroso! Nunca tinha me ocorrido que, ainda que o trem, saindo antes do esperado, o impedisse de retornar ao nosso vagão específico, ele poderia conseguir pegar um outro à frente do vagão de alojamento, e na realidade estar no mesmo trem o tempo todo. Porém, talvez por medo de atravessar por cima de terrenos tão difíceis, como toras de madeira e maquinarias, talvez porque achasse que eu estaria bem sob os cuidados dos seus compadres, que deviam ter imaginado que ele estava no trem, e mesmo tivesse chegado a tempo de alcançá-lo, não poderia descer para o nosso carro com o trem em movimento, ele decidiu esperar por uma parada para poder retornar. Assim, me foi negado o berro reconfortante que poderia ter vindo minutos depois da malfadada parada para água. Se meu pai pelo menos desconfiasse que, estranhamente, dentre todos os pensamentos que a boa vontade deles produziu para me convencer de que ele me reencontraria, os vagabundos não tinham dito uma só vez que havia a possibilidade dele ter pulado para dentro na parte de trás do trem! Meu espanto então, já que ninguém tinha me falado dessa possibilidade, nem na realidade tive a idéia eu próprio, foi duplamente sentido quando os ouvi discutindo, desculpando-se com argumentos, a ocorrência dessa falta de raciocínio coletiva.

E novamente, poucas horas mais tarde, realmente pensei que tinha me perdido do pai para sempre. Simplesmente, ao se desenrolar com inacreditável rapidez diante dos meus olhos, esse segundo infortúnio me deixou ainda mais aterrorizado e de uma maneira semelhante a dos filmes de suspense. Talvez estivéssemos andando pelos pátios em Sterling, Colorado, ou talvez já houvéssemos chegado em casa, e acabávamos de saltar do trem no pátio da U.P. do centro de Denver. Qualquer que seja o caso, enquanto cruzávamos os trilhos, meu pai pôs o pé dentro de uma agulha de desvio justamente quando um operador na torre de controle o acionou por controle remoto. Achando que a estupidez do seu pé preso o estava fazendo parecer bobo, meu pai soltou um palavrão (algo realmente raro, tendo ele hábito de linguagem suave quando sóbrio) e sacudiu-se por uns poucos minutos, sentindo mais raiva do que preocupação, quando, bem na hora, uma locomotiva apareceu dramaticamente e começou a avançar na direção dele a uns poucos metros de distância. Instantaneamente, ele viu a locomotiva, e, se ele fosse um ferroviário experimentado, poderia ter avaliado se ela teria tempo de parar; mas, não sabendo, ele começou a puxar violentamente com todo o corpo e arrancar numa pressa desesperada os cadarços de seu sapato, enquanto gritava para mim, ainda de pé a seu lado sem fazer nada senão agitar-me freneticamente, para correr rápido e parar a locomotiva. Eu fiquei congelado e apavorado, embora estivesse completamente em pânico e tivesse vontade de gritar, num suor pálido diante da repentina explosão de sua voz, porém suficientemente frio para começar a correr na direção da assustadora máquina, quando, tão rápida e inesperadamente quanto tinha começado, o drama terminou com meu pai levantando e livrando seu pé vestindo só meia, e, para compensar e minimizar os horrendos momentos anteriores, saindo para longe dos trilhos numa pose gélida de calma exagerada. Ainda assim a locomotiva e os vagões avançaram – poderia ter sido um trem, mas eu acredito que isso seja improvável, pois, dentre as manobras realizadas diariamente num pátio qualquer, só uma percentagem muito pequena é feita por trens propriamente ditos (isto é, uma locomotiva, ou mais de uma acopladas, com ou sem vagões, possuindo sinalizadores), deve ter sido um manobreiro puxando uns vagões para a posição para distribuí-los por suas linhas adequadas, ou um rebocador que ia para algum outro ponto dentro dos limites do pátio, ou simplesmente uma troca direta com um puxador de uma linha para outra, caso em que o engenheiro (cabeça-de-porco) certamente poderia parar a tempo – e meu pai, prejudicado pelo medo, vacilou em decidir o que fazer para que o maquinista parasse – talvez ainda muito perturbado pela escapada para começar a reagir, ou já encabulado demais pelo quase-acidente para se meter a parar aquilo que para ele significava um trem inteiro só para salvar um pé de calçado – ficou imóvel, como que congelado, e assistiu impotente a locomotiva avançar e esmagar completamente seu sapato.

Mas o alto grau de medo destes terríveis momentos em que pensei que ele ia ser morto, combinados com o enorme alívio emocional que senti pela sua salvação, tinham anuviado minha mente de forma tão intensa que ela não conseguiu reter as circunstâncias nas quais meu pai obteve um novo calçado, e, embora a memória não me diga como, quando ou onde ele o fez, o raciocínio a partir da experiência sugere: "Loja principal de vendas a varejo da *Goodwill Industries*, na esquina da 23 com a Larimer". Eu sei que o sapato foi realmente esmagado, sem maneira que o tornasse reutilizável, porque me lembro de examiná-lo depois; também, agora mesmo, enquanto fracassava ao tentar me lembrar como ele conseguiu novos sapatos, minha cabeça dura e teimosa finalmente libera o fato de que meu pai, embora realmente bem atrapalhado pelo que aconteceu, ainda conseguiu agachar-se para puxar o sapato *oxford* preso no último minuto antes da locomotiva que se aproximava forçasse a retirada.

Incidentalmente, esses dois meses na casa de tia Eva (que tinha ficado viúva recentemente pela morte do marido George num acidente de automóvel, mas ainda continuava a comandar gentilmente um grande clã, incluindo nele alguns parentes caipiras variados, tais como o cunhado Henry e seus pais ainda vivos, embora senis, John e Sadie Simpson) tinham me propiciado grandes transações que permaneceriam sendo meus parâmetros básicos, durante um bom tempo. Primeiro, quase que diariamente, eu realizava, com as diversas filhas de Eva, que tinham por volta da minha idade, aquelas ações de primeiro envolvimento com sexo. Lembranças dessas meninas, agora para sempre latentes, retornavam para estimular agradavelmente minha mente sempre que algum objeto sexual semelhante surgia, diminuindo em força com o passar do tempo e com as mudanças sutis acidentais ou conquistadas, nos padrões sexuais, até tornarem-se quase zero antes de eu chegar à adolescência, já que, então, não me sentia atraído por moças tão jovens; mas é indubitável que, normal ou não, vivi plenamente a curiosidade exibicionista. Segundo, e naturalmente mais importante pra mim naquele momento, que começou a fuga total e cheia de êxtase das grandes sessões de brincadeiras com os primos, que, sexuais ou não, eu me lembro que eram realizadas no segredo do enorme celeiro para evitar a vigilância dos olhos adultos. (Observe como essa obsessiva idéia de brincadeira cresceu tanto em dimensões que, anos mais tarde, estava ainda fora de controle o bastante para fazer com que eu apanhasse freqüentemente do meu guardião legal, o irmão Jack, porque, embora tivesse muito medo dele, na excitação dos jogos, esquecia completamente a hora que me mandavam chegar em casa.)

Assim, embora houvesse outras coisas na bondosa tia Eva – tais como avós e bisavós, todos quietos no alpendre, da aurora ao crepúsculo (a maioria fumando o típico cachimbo de sabugo de milho), e muitos outros rapazes e garotas mais velhas que eu tinha conhecido na cidade, onde iam com pés descalços e roupa escassa para adquirir necessidades ainda mais escassas, eu me lembro de curtir principalmente as menininhas e brincadeiras sem limite.

•

Um acordo havia sido firmado: a partir de então eu ficaria com meu pai somente os noventa dias do verão, e com minha mãe durante o ano escolar, pois os que ganhavam dinheiro, Ralph e Jack, produzindo bebida clandestina prosperamente, tinham, na nossa ausência, feito com que ela se mudasse, com Jimmy e a bebê Shirley, para um apartamento maior, mas não muito melhor, num edifício na esquina da 26 com rua Champa. O prenúncio da minha transferência para esse novo tipo de combinação dupla ainda por vir chegou num dia, pouco tempo depois de nós voltarmos, quando os dois Irmãos Negros adentraram pelas portas do Metropolitan – sem dúvida pela primeira vez – ostensivamente para ver como eu estava passando. Meu pai imediatamente assumiu sua postura típica. De pé no saguão, diante de seus companheiros de álcool, e consciente de seus olhos atentos testemunhando a visita dos garotos crescidos, ele começou com a habitual bravata sobre filho, que faria para qualquer um deles – e já o tinha feito para muitos –, um relato dolorosamente orgulhoso, ainda que esquisito e vacilante pela ignorância, da minha bravura durante as complexidades da nossa bem-sucedida viagem de duas mil milhas. Deve ter sido o silêncio de meus irmãos que o enganou, e o fato deles terem ficado lá com sorrisos de filho para pai, deixando que o velho continuasse a falar assim, gratuitamente, por alguns minutos num raro show de amenidade social-pusilânime. Meu pai, tendo finalmente terminado o ingênuo conto de bravura infantil, iniciou um inocente monólogo de bêbado sobre as galinhas da tia Eva, quando todo o pensamento foi subitamente escorraçado de seu cérebro, no instante em que eles viraram a moeda da cena passando de dóceis filhos postiços para monstros bárbaros fingindo com horrorizada certeza que estavam no seu direito, e começaram a espancá-lo, revezando-se.

Um o derrubava, e ficava de pé sobre ele para que o outro o esmagasse contra o chão, o tempo inteiro empurrando-o no cacete para a saída, enquanto mantinham um papo cheio de injúrias, interrompido somente por risadinhas ocasionais e grunhidos de esforço. Finalmente pararam, mas só porque estavam com o braço cansado, sem fôlego, ou com os nós-dos-dedos doendo, com meu pai já apagado totalmente há muito tempo. Assim, com um último golpe para deixá-lo atravessado na porta, meus meio-irmãos desprezaram como a estátua, todos os covardes amigos vagabundos dele como se nem estivessem lá, todos eles parados de olhos arregalados e pregados em seus lugares, e me arrastaram, ainda levando o mesmo papo, para a minha mãe.

Agora, o edifício em que dessa forma eu passei a morar, quando me aproximava da idade da razão, chamava-se The Snowden, assim batizado pelo velho libertino que era seu proprietário e que jamais se aproximava daquele lugar, exceto para pegar o aluguel direto nos apartamentos que estavam assim apalavreados. Essa gigantesca estrutura de tijolo vermelho, quatro andares na frente, três andares no resto, estava localizada no coração do baixo lado leste de Denver, que se tornaria íntimo para mim durante os períodos seguintes da minha infância. Bem do outro lado da rua, ficava *A Padaria,* uma combinação de mercearia e confeitaria conhecida por seus preços baixos, e que foi muitas vezes a loja para a qual eu, durante anos, era mandado, e na frente da qual brincava por longas horas, não tendo liberdade nem para perambular pela vizinhança (nesse primeiro e mais longo estágio dos três que passei no Snowden), pois minha mãe cautelosa enfatizava sempre "Não saia do quarteirão". Ao lado da Padaria, e encaixada bem na esquina, exceto por um barraco ainda mais afunilado, estava a mesma barbearia em que meus pais tinham vivido juntos pela última vez, e em cuja espremida parte de trás eu e a irmã Shirley éramos "Colonel e Mrs. Lindbergh" na cama de abaixar, usando o largo apoio para os pés como uma alavanca para controlar o nosso resoluto "Spirit of St. Louis". À esquerda da Padaria, na direção da rua 25, ficava a minha primeira "Casa Mal-Assombrada", ainda que me venha à mente melhor como cenário de uma experiência sexual precoce adquirida no ano anterior, enquanto ainda morava na barbearia. Encostado na parede apodrecida dessa casa de dois andares de estrutura de madeira há muito vazia, na sombra escura dos beirais de telha de ardósia sobre nós tocando a parede da Padaria, e enquanto pessoas passavam pela calçada movimentada, bem próxima, e de tarde, um garoto mais velho meio engraçado beijou e então colocou na boca para beber, o meu "pipi". Depois nós corremos juntos pelo chão frágil, periclitante, e cheio de buracos da casa, e até subimos no telhado e, talvez por estar com tanto medo dele, eu não estivesse assustado com a casa. Mas passei a temê-la nesse mesmo ano, logo depois de fazer a minha fulminante mudança Metropolitan-Snowden. Meu medo se desenvolveu numa noite logo depois de ouvir a estória de fantasma de alguém, e, duvidando da possibilidade de "assombrações", eu tolamente me arrisquei a me aproximar pela alameda da casa que dava para a sua parte de trás pouco conhecida, determinado a explorá-la, como já o tinha feito antes durante o dia. Mas a sua escuridão absoluta e silenciosa e silhueta inesperadamente estranha contra as nuvens em disparada no céu de inverno foram demais para mim, e eu voltei, abalado. Contudo, não passei pelo terror da "Casa Mal-Assombrada" por muito tempo, pois isso aconteceu em uma das noites logo antes da demolição por uma das equipes da construção, e seu espaço triste e árido tornou-se um terreno baldio estreito cujos limites ficavam a poucos centímetros além da carcaça do subsolo de concreto que eu reparei que, com o passar dos anos, gradualmente, subiu para o nível do solo, recebendo toda sorte de lixo, desde garrafas quebradas até chassi de automóvel e mesmo excrementos, humanos (nos cantos) e de outro tipo (espalhados ao acaso) como um recheio repugnante. À esquerda desse terreno ficava o *The Crescent Arms,* uns vinte metros contados da rua Champa, com um muro magnífico para brincar, um metro e vinte de altura, fácil de subir embora largo demais para meus dedos poderem alcançar o outro lado para segurar-me no pulo. O outro lado desse muro irresistível dava para alas de apartamentos opostos, as quais eram adjacentes à beirada interna do caminho – desde A Padaria até passar por aqui, esta calçada se desenrolava num contorno de uns dez a doze metros de largura e algumas vezes maior no comprimento, e, considerando a limitação de lugares para brincar para crianças depois do anoitecer, era um centro conhecido dos meninos da vizinhança que, como eu, juntavam-se lá para rápidos jogos de aventuras depois do jantar, naturalmente tornados duplamente ideais pelo equilíbrio das luzes fortes da Padaria (para ver as pessoas) e a intimidade do jardim da frente do *The Crescent Arms,* tão escura por trás do muro (para evitar sermos vistos por eles, especialmente mães chamando filhos). E eles terminavam, esses muros, em colunas gêmeas guardiãs da entrada do caminho, que tinham pelo menos dois metros de altura e eram feitas do mesmo tijolo vermelho que as próprias paredes. Essas torres quadradas, cada uma com dois cabos elétricos, há muito em desuso, saindo do alto da plataforma de concreto de alguns centímetros de espessura, tinham diâmetro bastante para que eu pudesse ficar de pé em cima, como "Rei da Montanha" por uns poucos momentos depois de lutar para me libertar do emaranhado de outros meninos que brincavam. Do lado à esquerda estava o *Hubbard's,* maior e mais de elite, abrigando os cidadãos mais afluentes do quarteirão. Então vinha *The Avery,* cenário de muitos acontecimentos emocionantes, desde os primeiros, como ser perseguido por um gerente irado, passando por outros domésticos incontáveis, como primeiro o irmão Ralph e família, depois a irmã Betty e marido morarem lá, e finalmente, fatos adolescentes, de fumo de charuto e cabelos lustrosos, apelos cortejando uma dama, que, depois de uma longa indecisão, me dispensou e se casou (somente por seu suposto desenvolvimento genital espetacular, como ela mesma me disse, numa tentativa, penso eu, de despertar meus ciúmes) com um nanico de terno, chamado Orville Farris. E por fim, havia uma casa de cômodos sem nome, para bêbados ou coisa pior, e na esquina da rua Champa com a 25, nos outros três ângulos estavam um posto de gasolina, uma grande residência particular e uma série de moradias horrorosas ocupando metade de um quarteirão (o caminho mais curto na direção da rua Stout), sendo que o mais barato de seus quartos havia sido uma das dúzias de pardieiros que eu compartilhei com meu pai no decorrer dos anos. Lembro que foi enquanto morava aqui que ele adquiriu um hábito, continuado por muito tempo, de tomar uma grande dose de Salts toda manhã de domingo. E o mesmo acontecia com quase todas as construções deste quarteirão e adjacências – todas possuindo um significado pessoal para mim, e cada casa com um sentido próprio, seja por causa de ocorrências que aconteceram dentro ou muito perto delas, ou porque podia ser a casa de "fulano", uma pessoa que eu conhecia.

Mas eu conhecia melhor o Snowden, aquele castelo de minha infância, em torno do qual se concentrava a fragmentada vida doméstica de uma família marcada pela Depressão como a minha, até que, depois da morte por um ataque de coração do velho Snowden, um novo senhorio (quem quer que fosse ou que razões tivesse – embora eu creia simplesmente que tenha sido a simples ganância de agente imobiliário) mandou limpar aquela zona toda em janeiro de 1937, quando todo mundo foi posto para fora de maneira que minha Mansão pudesse ser demolida em parte, semi-reformada, rebatizada The Queen City (coincidentemente o nome do lugar onde meu pai nasceu) e reocupada com famílias totalmente diferentes, por um aluguel mais alto. No outono de 1932, porém, logo que eu cheguei, recém-saído dos vadios letárgicos do Metropolitan, aquele era um lugar bem infame, conhecido principalmente como uma fortaleza da bebida clandestina, embora também notório, pelo menos no lado leste, por seus personagens, que eram típicos mas bastante incomuns a sua própria maneira: ex-presidiários, pervertidos, um ou dois músicos de jazz, diversas prostitutas (em geral sem cafetão), viciados (na maioria alcoólatras) e um grande número de jovens muito loucos. Embora fossem na maioria habitantes de mente lasciva e atividade desonesta, havia também um pequeno núcleo normal de pais e mães piedosos como minha própria mãe, lutando por suas muitas crianças, e talvez até uns solteirões ou velhas virgens. E, embora os ocupantes do Snowden fossem todos pobres, ou talvez mais por causa disso, eles agitavam o pedaço noite e dia, pois o lugar tinha a mania do barulho; o ar parecia sempre repleto de assobios e ganidos variados, gritos de xingamento, berros apavorados e, acima de tudo na minha mente, estas explosões de riso femininas tão excitantes. Raramente havia um momento em que não estava acontecendo alguma coisa descabida; especialmente, eu reparava nos jogos de pôquer praticamente contínuos, aberto ou de outra modalidade, monopolizados pelos apartamentos do subsolo, e a qualquer hora casais que se acariciavam podiam ser empurrados por pais bêbados sendo repreendidos por esposas iradas pelos estreitos salões a fora, enquanto, no começo da noite, meninos ainda com fome esqueciam seus magros jantares dedicando toda a sua atenção a jogos de lógica realizados ao pé da gigantesca escadaria dentro da entrada da frente.

Como alguma grande cornucópia, essa escadaria começava num nível grandioso e então sistematicamente diminuía a cada patamar mais alto. Postes enormes, rotundos e ornamentados no andar térreo guardavam sua imponente entrada, que fazia uma curva para fora em degraus largos e robustos sarrafos entalhados sustentando um corrimão largo demais para a mão segurar e quase alto demais para alguém da minha estatura. Uma vez que esta notável lembrança da grandeza dos tempos vitorianos do Snowden decaía com a subida, no seu ponto mais alto, parecia ser inteiramente construída de lascas e não tinha balaústre, quase que uma recordação tardia, fraca e feita às pressas, ou como se tivesse sido construída com a pragmática consciência de que, já que levava apenas a um apartamento, poucas pessoas a usariam, eu passei a achar que os carpinteiros tinham relaxado deliberadamente em relação ao começo perfeito lá embaixo. Este último lance frágil e perigoso conduzia a um ou dois quartos isolados e solitários que se elevavam acima do telhado para coroar a construção como uma tenda índia, só que coberta por folhas prateadas e brilhantes em vez de couro, dentro da qual, por menos aluguel que todos os outros, morava meu primeiro amigo no Snowden, Bobby Ragsdale, e sua bonita mãe, cujo único defeito aparente era um nariz protuberante.

Conheci Bobby pela primeira vez como um rival do amor de uma loura diferente, talvez um ano ou por aí mais velha do que os nossos meia-dúzia e tantos, e cuja beleza até o mais bronco poderia perceber e exclamar sabiamente em conversas da varanda da frente, quando ela estivesse passando longe demais para escutar: "Aquela vai arriá-los que nem mortos em dez anos mais ou menos", ou "Ela não precisa preocupar-se com dinheiro quando crescer". Ela ensinou a Bob e a mim o sentido e a pronúncia *daquela* palavra, depois que nós três, brincando, a encontramos recentemente rabiscada no muro alto que cercava o pátio do Snowden, sobre o qual eu, particularmente, estava sempre tentando subir sem ajuda, raramente com sucesso sem a presença inspiradora dela. E, num dia suave pouco tempo depois, minha adorada ofereceu-se para mostrar a dela se eu mostrasse o meu. Para ficarmos sozinhos, escolhemos o banheiro mais próximo do subsolo, mas logo nos arrependemos. Pois, traindo nossa ignorância, a excitação nos fez esquecer momentaneamente (sabendo muito bem, talvez, mas com certeza jovens demais para ter consciência do quanto o mau cheiro prejudica) que era o banheiro mais mal usado e menos freqüentemente limpo de todos os do edifício, sendo, como era, o mictório dos jogadores de carteado em trânsito e dos festeiros bebedores de cerveja, como também o lugar habitual de alívio de bêbados regurgitando. Assim, rapidamente se sobrepondo até mesmo à pressa de crianças que se permitem um ato furtivo, aquele cheiro poderoso nos obrigou a reduzir o tempo de nossa auto-exposição mútua, e a lamentar a nossa má escolha de local, pois, antes que houvesse outra oportunidade de recomeçar o nosso novo jogo, ela se enamorou de Bobby e me cortou completamente, embora, antes de me mudar algumas semanas mais tarde, essa gracinha, já inconstante, tinha voltado para mim em momentos espaçados suficientes para tornar muito mais fácil para mim perdoar Bobby pela inveja que eu tinha dele. E nós nos tornamos amigos mais firmes, isto é, nos tornamos rivais mais amigáveis em outras áreas além de menininhas, já que os descaminhos de nossas vidas se encontrariam freqüentemente nos anos posteriores de nossa saída do Snowden. Especialmente nas noites de quarta e sábado, no decorrer do que restava dos anos trinta, nos encontrávamos regularmente na Casa de Banhos, na rua Curtis com a 20, um lugar de asseio público e obscenidade, de alegria na piscina, fadiga e esforço na ginástica, de jogo de técnica de malha e tênis de mesa, que a cidade fornecia gratuitamente para gente como nós, até que, para finalmente terminar os doze anos de experiências comuns e semelhantes da meninice, então descobri – mas na época não dei muita importância para chegar a reparar o quão estranho ou interessante era – que coincidentemente nós dois passamos pelos mesmos meses tristes de depressão sentados em bancos de diferentes salas de apostas, no espaço de seis quarteirões do centro de Denver entre Glenarm e Curtis; eu freqüentando o de Peterson na primeira rua, e ele o de Bagnell nesta última.

Para contrabalançar o sofrimento da minha relutante admiração por Bobby, que era maior, tão bonito quanto eu e – como eu vim a descobrir depois, embora não antes da maior parte da infância já ter passado, e assim fui influenciado a menosprezar qualquer sinal de "média" – muito mais normal (e cuja mãe eu amei desde quando ela era uma gracinha de cabelo preto e pele branca nos seus vinte curvilíneos anos, sempre sendo acompanhada por um homem ou outro para o show ao vivo do Tivoli, com jantar antes e drinques depois, até chegar doce e tranqüila aos quarenta com traços grisalhos e ainda sempre acompanhada, e a quem eu desejei muito além daqueles momentos de adoração infantil em longos meses de lascívia adolescente e imaginação de como seria seu corpo velha do que os nossos meia-dúzia e tantos, e cuja beleza até o mais bronco poderia perceber e exclamar sabiamente em conversas da varanda da frente, quando ela estivesse passando longe demais para escutar: "Aquela vai arriá-los que nem mortos em dez anos mais ou menos", ou "Ela não precisa preocupar-se com dinheiro quando crescer". Ela ensinou a Bob e a mim o sentido e a pronúncia *daquela* palavra, depois que nós três, brincando, a encontramos recentemente rabiscada no muro alto que cercava o pátio do Snowden, sobre o qual eu, particularmente, estava sempre tentando subir sem ajuda, raramente com sucesso sem a presença inspiradora dela. E, num dia suave pouco tempo depois, minha adorada ofereceu-se para mostrar a dela se eu mostrasse o meu. Para ficarmos sozinhos, escolhemos o banheiro mais próximo do subsolo, mas logo nos arrependemos. Pois, traindo nossa ignorância, a excitação nos fez esquecer momentaneamente (sabendo muito bem, talvez, mas com certeza jovens demais para ter consciência do quanto o mau cheiro prejudica) que era o banheiro mais mal usado e menos freqüentemente limpo de todos os do edifício, sendo, como era, o mictório dos jogadores de carteado em trânsito e dos festeiros bebedores de cerveja, como também o lugar habitual de alívio de bêbados regurgitando. Assim, rapidamente se sobrepondo até mesmo à pressa de crianças que se permitem um ato furtivo, aquele cheiro poderoso nos obrigou a reduzir o tempo de nossa auto-exposição mútua, e a lamentar a nossa má escolha de local, pois, antes que houvesse outra oportunidade de recomeçar o nosso novo jogo, ela se enamorou de Bobby e me cortou completamente, embora, antes de me mudar algumas semanas mais tarde, essa gracinha, já inconstante, tinha voltado para mim em momentos espaçados suficientes para tornar muito mais fácil para mim perdoar Bobby pela inveja que eu tinha dele. E nós nos tornamos amigos mais firmes, isto é, nos tornamos rivais mais amigáveis em outras áreas além de menininhas, já que os descaminhos de nossas vidas se encontrariam freqüentemente nos anos posteriores de nossa saída do Snowden. Especialmente nas noites de quarta e sábado, no decorrer do que restava dos anos trinta, nos encontrávamos regularmente na Casa de Banhos, na rua Curtis com a 20, um lugar de asseio público e obscenidade, de alegria na piscina, fadiga e esforço na ginástica, de jogo de técnica de malha e tênis de mesa, que a cidade fornecia gratuitamente para gente como nós, até que, para finalmente terminar os doze anos de experiências comuns e semelhantes da meninice, então descobri – mas na época não dei muita importância para chegar a reparar o quão estranho ou interessante era – que coincidentemente nós dois passamos pelos mesmos meses tristes de depressão sentados em bancos de diferentes salas de apostas, no espaço de seis quarteirões do centro de Denver entre Glenarm e Curtis; eu freqüentando o de Peterson na primeira rua, e ele o de Bagnell nesta última.

Para contrabalançar o sofrimento da minha relutante admiração por Bobby, que era maior, tão bonito quanto eu e – como eu vim a descobrir depois, embora não antes da maior parte da infância já ter passado, e assim fui influenciado a menosprezar qualquer sinal de "média" – muito mais normal (e cuja mãe eu amei desde quando ela era uma gracinha de cabelo preto e pele branca nos seus vinte curvilíneos anos, sempre sendo acompanhada por um homem ou outro para o show ao vivo do Tivoli, com jantar antes e drinques depois, até chegar doce e tranqüila aos quarenta com traços grisalhos e ainda sempre acompanhada, e a quem eu desejei muito além daqueles momentos de adoração infantil em longos meses de lascívia adolescente e imaginação de como seria seu corpo esguio nu), havia um outro garoto durante este inverno de 1932-33, com quem brotou uma amizade sob todos os aspectos diferente da de Bobby, exceto pelo fato de que nós também nos encontraríamos quando mais velhos. Seu nome era Art "Sonny" Barlow, filho único de "Blackie" Barlow, que tinha contratado meus dois irmãos, Ralph e Jack, durante os dias da Lei Seca que, mesmo agora, estavam apenas terminando, de forma que, ao procurar uma forma de investimento mais legítima, ele tinha recentemente adquirido um posto de serviços que, da última vez que eu ouvi falar, tinha expandido até descolar uma vasta frota de transporte de gasolina, além de possuir sete ou onze postos Texaco em Denver. Eu me lembro de ter encontrado Sonny uma vez, antes desse primeiro período no Snowden; foi numa tarde de visita à bela casa da montanha de Blackie, onde, embora eu tenha esperado com o que me pareceu ser uma paciência admirável até que ele se cansasse, Sonny se recusou a me deixar brincar com sua escavadeira acoplada ao caminhão que tinha me impressionado instantaneamente, pois o seu tamanho enorme permitia que a gente sentasse nela para operar os controles. Era simplesmente uma briga de dois meninos de dois para três anos, por causa de um brinquedo disputado, sobre o qual o jovem anfitrião tinha prioridade, que havia e dado mais uma vez, pela forte decisão que minha recusa a ceder havia forçado, mas para mim foi uma rejeição arrasadora, uma das poucas de que posso me lembrar e que a minha alma infantil não conseguiu suplantar com a autopreservação emocional adequada, possivelmente porque assinalou a primeira ocasião em que quis alguma coisa o suficiente para ter lutado por ela até o amargo final, mesmo quando pressentia a derrota durante o tempo inteiro em que estava lutando. Talvez tenha sido a perda injusta dessa batalha que, estabelecendo previamente um padrão de conformismo, e certamente ajudando a enfraquecer a minha coragem, me influenciou a não enfrentar novas escaramuças com a devida firmeza no decorrer da minha infância. Eu desistia de me esforçar por um objeto cobiçado ao menor sinal de resistência do outro. Mas agora que o detestado pirralho tinha caído para a posição baixa de ser filho daquela bêbada desleixada, Peggy Barlow, em vez do bichinho de estimação do rico pai Blackie, bem abrigado, alimentado e servido de brinquedos, eu passei a achá-lo menos formidável e era facilmente capaz de olhar com desprezo para esse garoto menor, mais feio, e, como eu pensava com suficiente razão, mais burro. Ainda que, com a crueldade das crianças, eu muitas vezes o provocava por ele ser um órfão, que eu pensava que ele era, tendo ouvido em alguma conversa de adultos que Peg e Blackie, quando ainda estavam no jogo, tinham adotado Sonny, geralmente eu fazia pose de esnobe esperto e agia da maneira mais cordial com ele até que, com o tempo, disfarçado por este teatro habitual, meu desagrado anterior passou a ser uma ternura genuína, e, além de chegar a refletir muito de sua personalidade tímida, eu gradualmente aprendi a respeitar uma aptidão muito maior do que a minha em certas coisas, particularmente pênis e piscina – pois Sonny tinha um anormalmente desenvolvido; posso me lembrar claramente do impacto de descrédito que uma olhada trazia, e ele também era o mais audaz da turma da Casa de Banhos nos dias de escola primária, pronto para enfrentar qualquer risco, porque ninguém se lembrava de admirá-lo de outra maneira, exceto, eu imagino agora, alguma garota saudável que, mais tarde, descobriu uma boa razão para se entusiasmar.

Sonny tinha que aturar um crápula horrível chamado "Red", cuja coloração facial combinava com o nome, e também com a chama dos cabelos, e o cara passava o tempo todo na cama sendo atendido, com total liberdade para se entregar a seu feliz estupor alcoólico dado pela amante Peggy, escravizada na vida de garçonete, quando não ela mesma deitada bêbada com esse débil mental apalermado, cujo prazer parecia vir somente, ou sobretudo, de sujeitar Sonny a períodos de treinamento de padrasto escarninho, a julgar pelo fato de que esses eram os únicos momentos em que se via os dentes de Red. E assim, erradamente ou não, eu achei que deviam ser momentos de alegria para o inútil Red, porque ele era o primeiro (e conseqüentemente não compreendido) homem que eu conheci mais de perto que praticava o Poker Face, acompanhado de um uso tão constante de palavras ásperas e mãos pesadas que, longe de ser o menino petulante que tinha me negado sua escavadeira, Sonny ja estava reduzido a uma timidez gaguejante de espírito quando eu mudei para o Snowden.

O caráter de Peggy não era mais sólido do que seu corpo flácido, e, mesmo a bondade que possuía era anulada por uma ausência quase completa de esperança que se refletia em olhos cansados; ainda assim, ela ansiava por proteger Sonny, e geralmente dava um triste espetáculo de ternura sem graça e insípida por causa da ferida deixada por Blackie (que a trocara por uma mulher mais jovem, com renda independente de sobra com a qual podia comprar o peróxido e o perfume indispensáveis), e por estar profundamente atolada em vinho e em Red, sua atitude tinha se tornado inexoravelmente fatalista. O melhor que ela conseguiu algum dia apresentar para consolo de Sonny foi um fraco "É preciso aceitar o que a vida dá". Onde a mãe de Bobby Ragdale, Alma, ou Thelma, ou um nome assim, era inquestionavelmente o oposto: docemente firme em dar tudo a ele, numa angariação sem pressa de amor para "seu pedaço", apesar de também acomodar seus amigos homens (o que eu lentamente passei a pressentir pelas freqüentes vezes em que a porta dela estava trancada, e em que eu era mandado embora para procurar Bobby e brincar), ela parece ter sido sempre capaz de manter o respeito de Bobby, pois, quando era um homem jovem, ainda olhava para ela com toda a confiança. Quanto à minha própria mãe, ela simplesmente estava perturbada demais, nos meus anos de infância – com Jimmy incontrolável e o bebê chorão Shirley, e mais tarde pela exigente dupla, Betty e Mae, quando elas saíram do orfanato *Queen of Heaven* (ainda molhando a cama, mesmo que quase adolescentes), e ainda enfrentando continuamente todas as batalhas emocionais, monetárias e de saúde nos últimos anos desta sua vida dura –, para poder demonstrar-me adequadamente sua afeição. Eu sabia que um amor existia, mas certamente não tinha consciência dele, uma vez que não era palpável o suficiente para poder me dar uma verdadeira satisfação. Com sua mente fatigada pela labuta, embora quase que totalmente cega para essas outras coisas, ela provavelmente fugia da responsabilidade afetiva para com suas crianças de maneira semelhante a Peggy, ainda que por motivos tão diferentes de bebida ou abstinência, achando mesmo desnecessário, sendo eu o mais dourado dos bebês, nunca fazendo bagunça ou criando problemas. De fato, até bem depois da época da sua morte, eu continuava com essa pequena necessidade de atenção, pois na minha infância, e sob o olho exigente do irmão Jack, eu era a própria personificação da política que ordenava aos meninos "seja visto e não ouvido". Assim, eu não recebia amor suficiente, apesar dela ser a mais bondosa e gentil das mulheres, como eu sabia tanto pelos meus próprios momentos de observação menos preconceituosa, quanto por todas as coisas boas que eu ouvia contar dela; na realidade, nunca vi ninguém falar mal da minha querida mãe.

Pelos olhos de seres da mesma idade, Bobby, Sonny e eu éramos os únicos garotos que testemunhavam o frenesi da vida do Snowden, repudiando o nosso redor, e, mais aproximados no isolamento de nossos sete anos de idade – por não haver meninos mais jovens, nem nenhum homem de menos de doze anos de idade –, nos tornamos intensamente competitivos. Felizmente, as principais exigências eram jogos de agilidade, força e escalada, de forma que Bobby e Sonny estavam geralmente sujeitos a lutar pelo segundo lugar especialmente nas elevações na barra fixa, uma vez que eu podia fazer umas trinta e cinco ou quarenta vezes, e somente a espessura do cano que usávamos na falta de uma barra adequada, enfraquecia a pegada dos meus dedos que quase não se agarravam e impedia uma marca melhor, pois logo depois, no ginásio da escola, eu muitas vezes passava a marca dos 25.

Havia uma escada de incêndio que começava alta demais para que nós pudéssemos nos erguer até ela, mas felizmente ela passava pela janela do quarto de Peggy, e, nas semanas seguintes a voz de Red, estridente de raiva, se levantaria para nos mandar embora. Somente quando ele necessariamente sacudia a sua preguiça para comer, o que acontecia com bastante freqüência, ou em meio a protestos e xingadas, se erguia para ir ao banheiro do saguão no momento em que a natureza o obrigava, a costa ficava livre para que nós pulássemos por sobre a confusão da cama e saíssemos pela janela para a emocionante escalada da escada e a excitação do telhado. Uma vez, ao percorrer este caminho sozinho, e voltando depois de um tempo feliz gasto em olhares contemplativos sobre uma Denver salpicada de neve, escondida sempre por árvores desfolhadas erguendo-se para o alto, eu sabiamente parei para espiar antes de reentrar no apartamento. Lá, vi Red e Peggy em ardentes convulsões amorosas e fiquei tão nervoso que, somente depois de congelar por algum tempo, numa demora de *voyeur*, pude reunir coragem para deslizar de passagem pela cena nojenta de toda aquela carne resfolegante pulando e rolando meio fora da cama, e fazer a descida forçada, de dentes trincados por diversos metros. Nem Bobby nem Sonny jamais repetiram esta heróica manobra na escada; na realidade, eles duvidavam que eu o tivesse feito; mas eu sabia que reinava sozinho como campeão de salto de lugares altos, como também era o único de nós que tinha visto-gente-fazendo, a não ser que, embora seja improvável, eles tivessem assistido a coitos e não tivessem me contado, do mesmo jeito que eu me furtei de mencionar minha visão na janela enquanto descrevia o feito para eles.

•

Por volta dessa época, perto do começo de 1933, uma outra garota (a segunda ou terceira) entrou na minha vida, e nós estabelecemos o que se tornou uma relação duradoura, mais do que qualquer outra do tipo, e que instruiu e influenciou fortemente meu desejo sexual infantil, pois, de vez em quando, até a puberdade, nós mantínhamos uma conversa franca que quase nenhum garoto poderia obter, embora necessariamente de uma maneira submissa a ela, que era dominadora. Os primórdios foram na linda escada do saguão da frente, onde, impossibilitados de brincar do lado de fora no frio de zero grau da noite, nós sentávamos juntos e cantávamos num animado falsete infantil "The Red River Valley", e no verso "From this valley they say you are leaving"* eu me levantava, mal controlando gritinhos de prazer nervoso, para me esconder nos degraus, tipo vestíbulo, do mínimo banheiro próximo. Então, depois que ela falava do caubói que a amava sinceramente, nas

---

* Desse vale você está partindo. (N.T.)

palavras "Come and sit by my side if you love me"*, eu saltava para fora para agarrá-la, enquanto me movimentava cuidadosamente em cima dela, conforme ela me ensinara. Este jogo simples foi apenas o início de outros que, com o passar dos anos, tornaram-se tão complexos que forçavam as nossas mentes a terem que se lembrar de repetir os diversos estágios que tínhamos reunido para realizar. É claro, todos eles terminavam em semelhante enleio físico que ela era genial para maquinar. Um ano ou dois mais velha do que eu, e muito menos inibida, sua imaginação fértil concebia tantas variações do ato-brincadeira para nos colocar no chão juntos que até agora, e com pouco esforço para lembrar, uma relação completa destes complicados enredos incendeia minha mente, mas sendo quase que excessivos para uma catalogação detalhada, eu vou me furtar de contá-los aqui. No máximo eles poderiam ser rapidamente destacados quando atingidos cronologicamente, ou qualquer outro ponto mais razoável do que esse, porque, na nossa extrema juventude, a principal preocupação era cantar canções como a citada acima e "There's a Tavern in the Town", "Side by Side", "Rainbow 'Round My Shoulder", "Home on the Range", "Around the Corner" ("and under a tree a Sergeant-Major made love to me"**), "Moonlight and Roses", etc.

Seu nome era Vera Cummings, filha única de uma nova inquilina do Snowden, Ann Sheehan. Ann era uma das poucas mulheres (no momento, só consigo lembrar de duas) que tornou-se íntima de minha mãe, e que, daí em diante, morava perto até chegarmos ao ponto de morarmos todos nós juntos. Além de Vera, essa fêmea exuberante, ela mesma cheia de jargões, também era mãe de um filho excepcional. Com vinte e poucos anos na época,

---

* Venha e sente-se a meu lado se você me ama. (N.T.)

** e sob uma árvore um sargento fez amor comigo. (N.T.)

Harold era uma pessoa horrível que me assustava mesmo quando me acostumei na medida do possível com ele, e, considerando a maneira pela qual ele incessantemente babava sobre si mesmo (através de lábios grossos gretados, repuxados num esgar perpétuo sobre caninos marrom-amarelados enormes e cobertos de comida, fracamente presos a gengivas sangrentas sempre retraídas) e arrastava seu pé inerte e batia em uníssono com seu braço de bebê dobrado num esforço tão desesperado, não é de se estranhar que eu tivesse medo de ficar muito perto dele; sentia-me embaraçado demais para enfrentar seus olhos que imploravam e muitas vezes fingia mesmo não ouvir nenhum som gutural sem sentido, engolido antes de qualquer compreensão que ele pudesse decidir emitir. Na juventude de Ann, Harold tinha vindo como conseqüência da união com seu primeiro marido e "amor verdadeiro", de quem ela sempre falava com olhos brilhantes e tão reverente, que desconfio, que porque ele tinha morrido logo antes dela começar a freqüentar a garrafa, e, usando esta coincidência de um falecimento de partir o coração como justificativa, ela deixava claro para todos por que ela teve, inevitavelmente, que começar a beber.

Vera tinha nascido uns doze anos mais tarde, filha de um "irlandês que não prestava", a quem Ann culpava pela sua queda final e sobre quem liberava seu veneno "vendo-o apodrecer no inferno" e "se ele estivesse morrendo de sede, eu não mijaria nele". Misteriosamente, Vera manteve o sobrenome dele, enquanto Harold e Ann usavam o Sheehan amado. Ann era uma velha coruja repugnante, com óculos grossos e cabelo fino, sempre mudando de cinzento normal para uma *henna* gritante de azul esquisito e prateado ou estranhos matizes de dourado. Ela falava continuamente do fundo de uma voz de uísque que rapidamente se inclinava, com rispidez dogmática, a dizer a Vera e a mim para *não* fazer isso ou aquilo – ordens sempre restritivas – e, contradizendo sua própria crença freqüentemente expressa de que a experiência é o melhor professor, declarava, com autoridade (usurpada passando por cima de qualquer objeção que minha mãe pudesse fazer, pela pura persistência e volume de sua língua incansável), o que era melhor para nós em tudo, pois, tendo vivido mais tempo (mas não *muito* mais), ela sabia tudo que nós crianças ainda não podíamos ver.

•

Os irmãos Ralph e Jack tinham me depositado no número 38, que era o primeiro apartamento à esquerda vindo da entrada principal a partir da varanda da frente do Snowden, feita de tijolo e cimento e possuindo doze degraus de altura. Foi lá, um apartamento pobre até mesmo para os padrões do Snowden, que a mãe, agora com quarenta e três, Jimmy, aproximando-se dos doze, Shirley, apenas três, e eu, tendo acabado de fazer sete, passamos o tumultuado ano escolar que terminou em junho de 1933. Minha nova casa tinha sido uma boa melhoria em relação ao Metropolitan, tendo um cômodo grande que era usado para tudo, exceto pelas atividades que podiam ser acumuladas numa pequena cozinha, e onde, sob grandes armários de porta de vidro, numa das paredes muito desbotadas dessa sala de estar de teto baixo, atapetada e com lambris até em cima, havia um painel de madeira alongado com um puxador no centro, que se puxava para abrir a cama grande, sempre emperrada nas juntas, que nós todos usávamos para dormir, exceto Jimmy, que ficava num colchonete no canto, ou qualquer visitante embriagado que lá pernoitasse. Contra a vontade, eu muitas vezes a usava de outro jeito, pois era a que Jimmy me aprisionava, com o cuidado habitual de controlar qualquer demonstração de seu prazer sádico, sabendo que um ou dois risinhos reveladores poderiam trair sua maldade e chamar a atenção de mamãe. Quando ele a fechava, a cama entrava horizontalmente na parede, e minha folga era de menos de três centímetros; assim, além do medo dessa falta de espaço para levantar, enquanto respirava bem lentamente na escuridão total, havia dois terrores simultâneos bastante fortes em minha consciência: um, que eu não podia gritar para que me soltassem, senão Jimmy certamente bateria em mim, e outro, que qualquer gritaria sem dúvida apressaria desnecessariamente a extinção do já precário suprimento de oxigênio.

Eu conhecia a agonia do sufocamento desde quando tinha visto um filme com meu pai. No enredo havia um vilão que drogava garotas jovens e abastadas para tirar fotos comprometedoras delas a fim de fazer chantagem. Inadvertidamente, embora de alguma maneira por sua própria cobiça, ele fica trancado dentro de um dos cofres do banco do pai de uma de suas vítimas, e, enquanto se debatia dramaticamente apertando a garganta, obviamente já no último estertor do estrangulamento, acaba sendo libertado. Mas só depois que o noivo heróico de uma das garotas fotografadas seminuas (deitada languidamente, enganada, drogada e seduzida) consegue persuadir o pai abalado pelo choque, decidido a vingar-se – um cidadão naturalmente idôneo e antipornográfico (o único, é claro, que conhece a combinação do cofre) – a abrir em nome da consciência, mais tarde, e da polícia, agora, apesar dos bons motivos morais e paternos para deixar o cafajeste morrer.

E havia outra coisa que deixava a minha imaginação amedrontada sempre que eu estava deitado, encharcado de suor, na clausura úmida da armadilha, que Jimmy às vezes só abria depois de horas de minha silenciosa submissão, demonstrando desprezo e conseguindo esconder seu deleite com uma falsa demonstração de preocupação com o peso do edifício acima (embora graças a Deus eu soubesse que Denver não está sujeita a terremotos), que poderia desabar e me esmagar em alguma catástrofe, como um incêndio.

Essas experiências claustrofóbicas causaram outra reação ainda mais incomum e difícil de explicar – uma oscilação em meus sentidos, provocada, creio eu, por uma roda desequilibrada girando dentro do meu cérebro num pequeno espaço e que, enquanto acelerava lentamente seu andamento, estabelecia uma vibração semelhante à de um ventilador, à medida que começava a rodar e rodar num giro cada vez mais rápido. Com mais exatidão, era simplesmente uma consciência de que o tempo em minha cabeça tinha gradualmente convergido para um ritmo cerca de três vezes maior do que sua velocidade original, e, quando isso acontecia, embora eu não pudesse entender na época, só pensava no processo como sendo um objeto voador circular tomando conta de minha mente, já que me faltavam dados melhores para refletir a respeito dessa sensação giratória. Mas, na realidade, ela era sentida (nervosamente) somente pelo que era – um estranho e agradável aceleramento das funções do meu cérebro, que era perturbador o bastante para assustar, mas ainda assim eu resistia a qualquer tentativa rigorosa de retornar a uma mente normal. Essa aceleração do tempo vinha e ia quando bem entendia, fazendo-me assim uma pessoa de espírito tonto (embora somente quando dentro da minha prisão acolchoada, e ainda assim, nem sempre) por todo esse primeiro ano no Snowden. Foi quase vinte e cinco anos depois que novamente senti tonturas semelhantes (por diferentes estímulos, tais como maconha), mas que, dessa vez, eu tentava mobilizar e analisar, e, descobrir que, com muita concentração, podia, por rápidos momentos, desligar essa aceleração do tempo, e ligar de novo à vontade, uma vez que tivesse começado. Mas o requisito básico – ficar quieto como um morto e concentrado para o ouvido interno aumentar seu zumbido, até que, com impulsos regulares de alavanca, as engrenagens da minha mente se transformavam, por um mecanismo desconhecido, num aumento da torrente do tempo, que recebia, em mudanças caleidoscópicas, imagens ardentes, tão claras quanto a velocidade do pensamento permitia, passando tão rapidamente que tudo que eu podia fazer era mal vislumbrar a figura de uma antes que outra chegasse – era difícil demais de continuar por muito tempo, já que qualquer interferência de fora, como barulho, rompia o processo de manter uma inércia corporal absoluta, e eu não conseguia comparar estas erupções mentais com firmeza bastante a quaisquer explicações razoáveis da realidade, de forma que a causa, cura ou funcionamento real dessas visões singularmente concisas e frescas permaneceram para sempre além do meu diagnóstico, na realidade além da minha memória, exceto como resíduo, quase todas as cenas fugazes que um dia passaram se perderam.

Enquanto estou no assunto, reparei que diversos escritores, tais como Céline e William Burroughs, mencionam ter tido febres (?) misteriosas no começo da infância, que levavam a sensações semelhantes de animação para o olho da mente. Talvez os médicos possam explicar adequadamente esses vislumbres firmemente gravados e em velocidade no limite da alucinação; como uma febre infantil regular, como existe, por exemplo, "a cólica dos três meses". Bem, é bastante.

Finalmente, só mais um acontecimento relacionado a estes tempos de aprisionamento na cama (embora menos significativo e, na aparência, relacionado apenas por coincidência). Foi o fato de eu contrair a "coceira dos sete anos", e, embora confinada basicamente à região de pele enrugada entre meu polegar direito e o indicador, essa pequena área parecia ainda mais acentuar a coceira intolerável, que nem mesmo com bicarbonato de sódio era possível aliviar, como se ela queimasse até o osso.

Muito mais duro para minha vontade enfrentar, e muito mais prejudicial à minha coragem do que a febre (ou o quer que fosse) ou a sarna, eram as lutas que Jimmy me obrigava a enfrentar. Meu principal antagonista era um garoto mexicano de cerca de nove anos de idade e pequeno para a sua idade. Ele e Jimmy decidiram entre si – eu me lembro que o garoto era tímido por natureza, de forma que as ameaças de Jimmy sempre predominavam nas decisões – que se dedicariam a me ministrar uns poucos cursos não-éticos em punhos, e, enquanto eu apanhava (a surra era de pé, embora eu continuamente tentasse assumir uma posição joelho-peito, apesar dos *uppercuts,* para permanecer ereto), meus pensamentos mais fortes geralmente continham uma preocupação assombrosa como "Por que Jimmy faz isso?"

Há uns dois anos, enquanto viajava por Kansas City, onde Jimmy mora agora numa típica frustração de vendedor de seguros (como o padrasto Neal tinha feito há vinte anos), eu lhe fiz essa pergunta durante uma visita rápida e faminta – a primeira em uma década. Ele respondeu que detestava a minha presença, pois, embora mal tivesse cinco anos quando eu nasci, sua posição como menino mimado tinha sido usurpada por mim, de forma que ele conspirava com ressentimento.

"Neal, seu malandro, toda vez que a mãe demonstrava qualquer ternura por você, eu decidia pegá-lo por isso, e geralmente pegava." Ele era jovem demais para sentir que, cada vez mais perturbada por problemas, minha mãe fracassou emocionalmente conosco, os outros menos do que eu. Esse teste de Kansas City confirmou mais uma vez que Jimmy, como também meus outros meio-irmãos, Jack e Ralph, tinham desde cedo adquirido uma propensão para a violência e a brutalidade – o meio-irmão mais velho Bill notavelmente escapou (enquanto os outros meninos eram quase sempre carrancudos e vingativos, ele era todo bom-humor e esperança, marcado apenas por um cinismo de *bartender)*, talvez porque somente ele tinha crescido totalmente enquanto seu pai, político de Sioux City, e Maude, nossa mãe, estava, harmoniosamente vivendo a vida calma que um prefeito leva. Incidentalmente, eu poderia dizer aqui que Jimmy tornou-se um belo pugilista; campeão de seu reformatório, rei do peso-médio C.S.R. (que mais tarde ficou provado que era o meu também), 75 quilos, 1,90 m, no seu acampamento C.C.C., na equipe de boxe de Joe Louis, quando Joe esteve pela primeira vez no exército e ficou em Fort Riley, Kansas – (Eu vi Jimmy ganhar uma luta excitante enquanto o estava visitando lá no Kansas – que incluí no meu itinerário de carona principalmente por essa razão.) E além disso ele era o vencedor, muitas vezes enfrentando três ou quatro de uma vez, em muitas brigas de bar, como foi descrito vividamente para mim pelo meu irmão Jack em anos posteriores. Tudo isso eu sempre admirei e invejei em Jimmy, mas o sadismo que o acompanhava já era outra coisa, e abominavelmente feroz. É claro, as ações de Jimmy eram bastante naturais, considerando que ele estava motivado pelo exemplo de seus irmãos, imitando Ralph em particular. (Há lembranças de discussões acaloradas entre nós mais tarde com relação a qual dos irmãos tinha o melhor físico. Eu preferia Jack, enquanto Jimmy sempre optava por Ralph, chamando Jack de "velho corcunda" que até ele próprio poderia vencer – mas nunca o fez, pois, antes que Jimmy atingisse a idade para desafiá-lo, ele tinha transferido sua afeição de "Ralph boca-de-trombone" para "o bom e velho Jack"). E ele tinha boas razões extras para buscar aprovação imitando a brutalidade deles, pois "os Daly Boys" eram poderosos na estrutura do Snowden, agindo como escroques.

No seu apartamento do subsolo número 3, o líder Ralph – com a assustada esposa Mitch, e seu primeiro menino, Robert (no decorrer de sua vida chamado de Murphy, por alguma razão desconhecida), que, tendo quebrado uma perna, causava o tumulto de uma criança mimada de quatro anos batendo em tudo com sua arma de gesso – e o primeiro-tenente Jack, agora dormindo na maioria das vezes descendo o quarteirão, quando não no Snowden ou desfilando na cidade com uma tal de Lois Chambers, uma irmã mais velha, grande e loura, de sua primeira esposa, Rita, que, um ano mais tarde, tinha roubado ele de Lois e forçado o casamento antes que ele pudesse tocar (de acordo com Jack) o motivo de toda a tentação: seu incomparável busto de um metro e vinte. Os irmãos se reuniam com um pequeno bando de arruaceiros que eram jovens, burros ou desesperados o bastante para admirar e deixar-se instigar pela violência dos dois logo tornando-se audaciosos para ajudá-los orgulhosamente na realização de ataques – irromper pelas portas e pôr os jogadores no chão com o orgulho de Ralph, uma carabina de cano serrado – aos jogos de *crap* de "Dago", principalmente em reservados de bares, que geralmente eram realizados fora dos limites da cidade, ao norte de Denver, no bairro italiano. O mais jovem dos pupilos de Ralph era "Red" Bennett, que tornou-se tutor e um amigo especial de Jimmy. Ele era um fanfarrão, mas ainda assim bastante bondoso, e eu me lembro que ele me ensinava as letras de velhas canções de jazz, "Chinatown" e "Dinah".

E ainda havia Jack Halverson, o chapinha particular de Jack, cuja mãe constantemente se queixava dos meus irmãos com bastante razão, por "meter seu garotinho em problemas", e cuja irmã mais nova, Ruth, chamada de "pernas de salsichão", tomou-se uma amiga da infância de minha irmã Betty depois que esta saiu do orfanato. Um outro, talvez o mais louco, e por destino o mais rudemente tratado do bando, era Clinton Frank, que estava sempre entrando e saindo da cadeia entre os empregos em cozinhas-com-cheiro-de-frituras. *(Já perceberam uma tendência para a bebida entre os cozinheiros em geral? E uma para o crime entre cozinheiros de atendimento rápido, em particular? Existem outras tendências semelhantes e isso pode ser o resultado de uma frustração vocacional devida ao calor do fogão e à encheção de saco na hora do pique).* Eu ouvi falar pela primeira vez e compreendi "In My Solitude" três anos mais tarde, quando, na minha impressionável presença de 10 anos de idade, o sentimental Clint contou ao meu irmão Jack tudo a respeito das punhaladas de melancolia quando cantava essa música, então nova, de Ellington, na sua cela da prisão na Califórnia. O Sr. Frank terminou prematuramente sua carreira triste e caprichosa numa ravina das Montanhas Rochosas, esmagado dentro do carro roubado que ele, bêbado, não conseguiu controlar numa curva junto a um barranco.

E um outro incidente na trajetória dos "Daly Boys": Mitch tinha sido insultada pelo sorriso de um "negão da porra", e assim Ralph e um amigo demente, Seth Thompson – apelidado de "Abê" (abestalhado) pelo seu comportamento maníaco –, foram armados para o Five-Points, o centro dos negros em Denver, bem perto do Snowden. A expedição para encontrar um bode expiatório preto para castrar fracassou porque, durante a ida de carro pelos quatro quarteirões até lá, o superexcitado Seth, babando numa alegria demente no banco de trás do velho Nash de Ralph, disparou, com estampido ensurdecedor, a carabina que ele dedilhava tão impacientemente. O tiro entrou na parte de trás do banco da frente, mas por sorte não feriu o menino Murphy ou Mitch, que Ralph tinha insistido para que acompanhasse os vingadores – ele e Seth – para identificar o culpado (o que era praticamente impossível) antes deles o "levarem para uma volta". O carro velho tinha um escudo protetor no assento, que parou o chumbo grosso antes que ele se espalhasse. Mais ou menos nessa época também (começo de 1933), Ralph foi indiciado como suspeito num assassinato com arma de grosso calibre, porque se ajustava muito bem à descrição do verdadeiro assassino: um metro e oitenta, noventa quilos, compleição musculosa, cabelo preto, olhos castanhos, pele com muito cabelo, feições regulares, e assim por diante. Depois de dois ou três dias em que Ralph suou nos interrogatórios dos detetives, eles acharam o homem certo e Ralph foi liberado. "Pura sorte", disse ele.

Quanto ao meu segundo ano escolar, mal posso me lembrar de três acontecimentos, ou melhor, três incidentes ocorridos no meu caminho entre a Ebert e o Snowden. Como de hábito – um costume adquirido na época do Metropolitan – eu fazia um caminho em ziguezague. Da rua 26 descendo o quarteirão já descrito da Champa, dobrando junto às moradias ordinárias. À minha esquerda, por um terreno baldio, cruzava atrás do *The Avery,* e subia a rua 25 um quarteirão até o *The Style Inn,* na esquina com a Stout. Então, descendo a rua Stout, passava por uma série de casas e apartamentos até a esquina da mercearia, na rua 24, entre residências particulares e um ou outro boteco de cerveja. Subindo a 24 havia um quarteirão até a esquina com a rua Califórnia, havia então um terreno baldio, um auditório moderno em forma de domo que era a igreja dos negros, um gramado em frente a um enorme tanque de gás natural que ocupava metade do quarteirão, e o parque para jogos de bola. Cruzando este quarteirão quadrado e sem cercas, imundo, onde por muitos anos eu passaria todo o meu tempo livre, chegava à esquina da rua 23 com a Welton, no parque, a N.Y. Furniture Co. (numa alameda por trás da qual havia uma sapataria de um velho, ao lado da primeira barbearia de meu pai) com seus fogões e geladeiras, e finalmente, um edifício vazio entre uma série de casas duplamente grandes, de um só andar, com janelas de madeira e os sótãos do tipo parisiense, lojas que foram casas, pelas quais eu passava para cruzar a alameda adiante, depois da loja mais importante (para nós meninos pelo menos), uma confeitaria que pertencia a uma velha mal-cheirosa que tinha centenas de gatos, para os quais, mais tarde, eu buscava fígado, recebendo mercadoria danificada como pagamento, na maior parte quebra-queixos inquebráveis, sem gosto, e alcaçuz carcomido e descorado. Então vinha o meio-quarteirão final de apartamentos duplex antes de chegarmos à rua Glenarm e à Ebert. Essa caminhada de cerca de meia dúzia de quarteirões me tomava mais ou menos o dobro desse número em minutos pela manhã, e cerca de duas vezes mais na volta para casa, e todas as três ocorrências foram na parte da noite.

A primeira e a segunda não são incomuns – e só são incluídas aqui porque são tudo que a memória reteve deste ano escolar – nem a terceira o é muito, mas mostrou-se mais forte em inquietude emocional e medo do que qualquer outra do tipo, durante minha infância. Talvez eu possa me lembrar dela somente porque cada um desses três eventos foram descobertas iniciais, embora tipicamente desimportantes, excetuando-se, como eu disse, talvez a terceira, para um garoto americano de sete anos no começo dos anos trinta.

Entre a Stout e a Califórnia, na rua 24, havia um barraco de negros encostado à alameda (Denver tem uma alameda de seis a nove metros de largura dividindo cada quarteirão – uma das poucas cidades dos EUA que as possui, e, uma vez que as viagens ainda não tinham revelado esse fato, eu, quando criança, pensava que toda cidade possuía ótimas alamedas para percorrer, e assim não apreciava a sua raridade e valor completo), e ao lado do barraco havia um banheiro escondido e sem porta. Voltando para casa numa tarde, eu me vi em súbito pânico, lutando contra um movimento intestinal que se avolumava, até poder descobrir um lugar para me aliviar. Por dedução, eu estava eliminando os banheiros das vizinhanças enquanto cruzava, apertado, a vastidão do parque. Graças a Deus, me lembrei da solução próxima, e fui diretamente para o banheiro dos negros, e a sua utilização apreensiva, na minha necessidade imperiosa, fez com que eu farejasse a descoberta número 1: o desconforto desses vasos antigos, construídos de forma tal que o assento estava sempre para cima, equilibrado por pesos, e quando forçado para baixo pelo uso, liberava uma torrente constante de água por todo o tempo em que ficasse abaixado. Meu medo da descoberta por parte dos residentes, combinado com a descarga que irritava as nádegas, criou para mim um tal desagrado por descargas de banheiro, especialmente quando você o está usando, que ainda persistia até eu ficar sob a jurisdição de Jack. O conhecimento novo, número 2, tinha a ver com o inverno, quando eu caminhava para casa sem pôr as mãos nos bolsos, para provar a mim mesmo que eu podia agüentar sem chorar. Mantendo os lábios fechados quando começava a choramingar (isso não era considerado choro), eu orgulhosamente fiz todo o caminho sem quebrar a minha regra. Uma vez em casa, minha mãe impensadamente botou minhas mãos debaixo da torneira de água quente para ajudar a descongelá-las, e somente a ação rápida de um visitante ocasional me salvou de gritos mais fortes. Assim, eu aprendi o segundo ponto: água fria era melhor quando se estava congelado.

A terceira e mais importante revelação veio num belo dia de maio. Saindo das quadras de jogos para cruzar o gramado diante do tanque de gás, eu fui parado por um pervertido sexual sentado no meio-fio. "Você quer um pirulito?" Eu perguntei de que tipo, e ele respondeu "Um para o dia inteiro". Eu disse "sim", então ele me disse para esperar até que os outros meninos da escola que passavam tivessem ido embora, e então ele o daria para mim, pois não queria que ficassem com ciúmes. Concordando, sentei ao lado dele e ouvi meia hora de papo sobre o pirulito fantástico que era aquele, e como todas as crianças adoravam chupá-lo, especialmente os guris da rua Curtis. Começou então uma descrição: com sabor de morango e grande demais para lamber facilmente, o que eu interrompi para perguntar se custava mais do que um centavo, e por que o que ele tinha era maior do que os que estavam na loja de doces ou coisa assim, e ele me garantiu que era extra--especial-diferente, e impossível de encontrar em lojas. Esse tipo de conversa continuou até que eu tomei consciência da hora, e fiquei impaciente pelo pirulito e para seguir meu caminho. É claro, nunca passou pela minha cabeça que o que ele tinha em mente era um outro tipo de guloseima. Finalmente, ele percebeu minha vontade de me mandar, e assim, achando que a barra estava tão livre quanto possível, me disse que estava escondido numa garagem atrás da igreja dos negros do outro lado da rua, e se ofereceu para mostrá-lo imediatamente. Nessa altura, eu já estava um tanto hesitante e completamente assustado, pois a longa demora me deixara preocupado, e estava me intrigando o fato de ele não tê-lo carregado no bolso, mas ainda assim o acompanhei até que ele me fizesse entrar, fechando a porta, e me conduziu para um canto antes que minha relutância crescesse o bastante para que eu começasse a fugir abertamente. Vendo este prelúdio nervoso e desesperado para que eu começasse a lutar para fugir, a despeito de suas palavras tranqüilizadoras em ansiosa torrente, ele abriu a braguilha às pressas para mostrar o "pirulito". Com esperteza intuitiva, eu instantaneamente me arriei no chão, como se me agachasse para uma posição mais submissa, pois de fato, eu estava momentaneamente atônito pela consciência e desapontamento, e de repente, morrendo de medo, mas confiante na fuga, fiquei completamente de cócoras, para reforçar meu fingimento, e reuni forças para me lançar num salto frenético e me esgueirar entre suas pernas que tentavam me apertar, e então atirar-me pela porta e correr para a alameda antes que ele pudesse se recuperar.

Capítulo 3

O grande dia tinha chegado. A escola tinha acabado, e meu pai apareceu, como se estivesse combinado, e, apesar da má vontade e dos protestos dos irmãos, fui entregue à boa vida outra vez – supostamente só pelo verão, mas o outono e boa parte do inverno passariam antes que eu voltasse para a mãe no Snowden. Papai e eu imediatamente nos picamos para a Costa Oeste sem nenhum plano especial em mente; nós simplesmente iríamos até que alguma coisa inesperada nos parasse, como trabalho, mulheres, vinho ou, como aconteceu, a cadeia, e então adiante até a próxima parada ao acaso. Chegamos a Salt Lake City (o pai choramingou outra vez ao contrapor as suaves memórias do dia de fevereiro em que eu nasci, ali no Hospital do Condado, com a atual vida amarga que ele tinha semeado para nós todos), e nós até visitamos o Tabernáculo de graça antes dos problemas começarem.

A maneira como aconteceu é obscura mas, no fundo, bastante simples: meu pai, estando muito bêbado de noite na rua, foi preso. Naturalmente também fui levado, e, separado de meu pai por causa da minha idade, rapidamente alojado na cadeia juvenil. Esse lugar era particularmente assustador, sobretudo por causa do aço em toda parte; pois, ao contrário de muitas casas de detenção que são quase como moradias, a de Salt Lake tinha mais metal do que algumas prisões. Não apenas telas de arame do lado de fora das janelas, mas tela de arame e barras, e não apenas porta de aço, escadas, mesas, bancos de aço, etc., mas até mesmo paredes, e o teto também, creio eu, era feito dessa mesma substância que retinia assustadoramente. Por três longos dias, eu saía em fila das nossas gaiolas de ferro trançado para comer mingau e pão com umas duas dúzias de outros meninos, a maioria dos quais, é claro, estavam ali por comportamento anti-social mais grave, e, tímido como eu era, eles me pareciam condenados de verdade, como os criminosos reais da pesada, para serem contemplados com medo e espanto fascinado. Os mais violentos não apreciam muito esses olhares – como um "peixe" novo, eu tinha que aturar tudo de qualquer jeito – e durante o primeiro período de jogos na quadra do telhado, fui empurrado, espancado e chutado antes de eventualmente ser ignorado. Apesar disso, joguei vôlei com os melhores deles. Era nosso único jogo organizado, a bola sendo presa à rede por uma longa corda para evitar que caísse pelo parapeito, de forma que eu compensei com bastante facilidade depois de tudo, e, como os considerava como equivalentes a assassinos, não me identificava o suficiente para sentir muito suas agressões.

Depois do período de detenção de setenta e duas horas – para descobrir se ele era procurado em algum lugar –, meu pai foi libertado num "flutuante" e veio me buscar com autopunição e vergonha enchendo as suas feições coradas. Indo para o sul e para o leste de novo, logo acabamos em Albuquerque, apesar da geografia. Eu sei que era Albuquerque porque acampamos lá por uma semana mais ou menos, mas tudo mais que posso me lembrar é de *tortilhas* e feijões das famílias mexicanas pobres e as doações dos trabalhadores da ferrovia, cuja generosidade nos sustentou de uma maneira geral.

Continuando nosso ziguezague para o oeste, partimos a mil para o norte da Califórnia, acima de Sacramento, por algum motivo (provavelmente uma miragem de trabalho), e então retornamos lentamente na direção de L.A. passando por Frisco – eu me lembro da emocionante viagem de ferryboat atravessando a baía, vindos de Oakland –, até que, em San Jose, no Vale de Santa Clara, fomos novamente separados. Dessa vez em circunstâncias inteiramente diferentes, tendo tudo sido ocasionado por um ato de bondade de um homem rico e solitário que não tinha filhos, e não por um desencontro casual ou por força da lei. Infelizmente, na hora não pude aproveitar, por causa da ânsia de ver meu pai e do apavorante pensamento de que o homem rico estivesse tentando me matar. Certamente era uma suposição estranha, essa desconfiança irracional, que não se coadunava com a minha personalidade nem com meu passado, e nem com a maioria das crianças de sete anos, e talvez seja surpreendente sobretudo por causa de sua força, pois, todo o tempo em que estava com ele, a despeito da minha verdadeira luta pra acalmá-lo, meu medo crescia, até que, perto do final do período, eu estava me escondendo abertamente dele, e não suportava nem mesmo o contato casual e amigável que ele buscava. Mas, sem que eu pudesse entender porque ele permanecia interessado em mim, e desconfiando dele por razões (além de outras que não sei) de sotaque e aparência, jamais consegui acreditar de fato que, por exemplo, ele fosse bem de vida, embora morasse naquela casa linda e eu pudesse vê-lo administrar um negócio lucrativo, porque ele usava as roupas mais terríveis; nem de longe o que eu imaginava que um homem rico deveria usar. Portanto, não fiquei em paz enquanto não consegui sair de suas mãos, e estar confortavelmente vagabundeando na estrada com meu pai outra vez.

Esse episódio de abundância que rejeitei e desprezei foi uma oportunidade única em minha vida – ah, se eu tivesse sabido! E tudo aconteceu porque a primeira colheita tinha começado, e, havendo necessidade de trabalhadores por umas poucas semanas, meu pai decidira trabalhar, para que tivéssemos algum capital quando chegássemos a L.A. Num parque do centro da cidade, tínhamos nos juntado a uma multidão de passantes que se inscreviam para ir colher ameixas ou damascos, mas, quando o nosso lugar na fila chegou à mesa de recrutamento, meu pai foi rejeitado por minha causa, uma vez que eles não tinham instalações para famílias ou crianças lá na roça onde ele deveria trabalhar. Papai fez o maior banzé, dizendo que eu podia, e fazia, e morava em qualquer lugar, etc., mas o empregador disse "não" muito firmemente, e voltou-se para os outros. Todavia, meu pai não se sentiu derrotado e foi para o fim da fila para tentar de novo. Foi então que esse italiano gordo e feio de cerca de cinqüenta anos, usando calças largas e imundas, camisa igualmente suja e sapatos gastos manchados de gordura (no calor era tudo que usava, pois ele fazia as frituras no seu bar e lanchonete), abordou meu pai, e dizendo que tinha ouvido as nossas dificuldades, se ofereceu para cuidar de mim por tanto tempo quanto necessário para que o pai pudesse ganhar uma grana. Quase que pateticamente comovido e contente com uma solução tão oportuna, meu pai foi totalmente a favor, mas eu berrei muito, apesar das muitas palavras de rogo e garantia, até que meu pai começou a pressionar mais fortemente por uma decisão, vendo que a turma de trabalho estava para partir. O suposto samaritano pensou em nos conduzir até sua taverna, do outro lado da rua e lá, curvado à força de soda sob os olhos dos estranhos, eu comecei a ceder. Depois disso foi fácil para eles, e assim eu e meu pai fizemos uma última boquinha juntos, apressada e embaçada pelas lágrimas, de graça, com o anfitrião, meu novo papai, circulando todo sorrisos e bênção. Então meu pai entrou no caminhão carregado de gente e, com um fraco aceno de mão, perdeu-se para mim por um mês ou mais.

Somente umas poucas cenas aparecem claras em meio às lembranças confusas do meu tempo junto a esse benfeitor bem-intencionado mas pouco apreciado. Houve dias em que deslizei minha preguiça pelo seu bar, com uma sala de apostas atrás, uma loja de jogos a moeda descendo o quarteirão, e o parque do outro lado, no qual meu pai tinha sido contratado, e onde eu ficava deitado na grama durante horas, me consumindo na lembrança nostálgica do dia fatal. Mas, malfadado ou não, aquele dia inicial tinha terminado bem suavemente, e com uma apresentação de prazeres novos suficientes para afastar o medo anterior. Foi mais tarde, à medida que a boa vida perdia a graça com a utilização contínua, que essas distrações provaram-se insuficientes para contrabalançar o pavor. Um interesse por coisas bonitas, como carros, nasceu excitadamente na minha vida naquela noite, quando o homem rico terminou seu trabalho e me levou de carro para casa, em seu Cadillac V-16 novo. Rapidamente seguido por seu castelo ainda mais impressionante minha mente treinada no cinema pensou seriamente que ele estava ali só temporariamente, pagando aluguel para construir uma fachada para mim, como nos enredos de filme B fariam os malandros, como Edward Arnold – com toda a mobília ornamentada, incluindo uma cama enorme, macia e limpa demais para se acreditar. E especialmente a boa comida, que era preparada e servida numa agitação nervosa por uma mulher que eu tomei por sua esposa, pois eu só me lembro dela servindo o jantar nessa e nas noites subseqüentes, e, ao relacionar com isso o fato de que mais tarde eu fui levado diante de uma mulher de meia-idade para a cama, no andar de cima, e que insistiu em me ver, eu suspeitei naturalmente que essa inválida fosse sua mãe. De qualquer maneira, a governanta, se é que ela era isso, ansiosamente solícita, muito delicadamente insistiu que eu tomasse o vinho pesado que eles bebiam normalmente enquanto comiam, mas eu recusei polidamente, seguindo o padrão encenado muitas vezes com os camaradas do meu pai.

Mas a lembrança mais forte deste período é uma que me assegura que eu realmente estava com medo que esse homem estivesse também planejando me matar, e assim, por mais implausível que o pensamento pareça agora, a imagem vívida desse acontecimento na minha mente justifica que eu o coloque aqui.

Num domingo (eu presumo, uma vez que ele não era o tipo de pessoa que tirasse dias de folga) o homem tinha me levado com ele para falar com alguém a respeito de uma propriedade, um pomar para ser exato. Enquanto ele inspecionava, reparei no fruto estranho, nunca tendo visto figos antes, e perguntei sobre eles. Isso o estimulou a me oferecer um e, eu juro por Deus, na primeira dentada eu me virei e sai correndo mortalmente aterrorizado para o carro, convencido de que ele estava tentando me envenenar, apesar de tê-lo visto tirar a fruta da árvore – mas porque corri para seu carro, não sei, talvez estando assustado demais para tentar realmente fugir dele e assim perder toda a esperança de renovar contato com meu pai – ou poderia ter sido apenas o susto com o sabor incomum e o interior feio e cheio de sementes de um figo maduro? Qualquer que fosse a causa dessa tolice, está perdida para sempre, uma vez que, honestamente, a verdade do meu medo de morrer em relação ao homem já esta muito além de mim agora.

Quando meu pai realmente veio para me buscar, a maior surpresa de todo esse negócio estranho foi revelada pelo homem generoso; ele tinha de alguma forma ignorado, perdoado, ou compreendido o tratamento ruim que recebeu de mim o bastante para querer me adotar e me financiar até a universidade, além do que receberia o melhor de tudo e seria herdeiro de seu negócio! Parece que eu esqueci os detalhes e circunstâncias da nossa despedida, e exatamente como recusamos essa oferta magnífica, mas só sei que, como presente de despedida, este homem admiravelmente bondoso me deu uma adaga de verdade com o cabo incrustado de jóias e uma bainha trabalhada, que eu valorizava mais do que tudo, até o ano seguinte no Windsor Hotel de Denver, quando algum bêbado roubou-a para empenhar e comprar bebida.

•

Eu soube instantaneamente que o pai estava em alto astral, tanto no álcool quanto em outro sentido, e descobri que a razão era que ele tinha conhecido uma mulher enquanto colhia frutas, e tinha combinado um encontro em Los Angeles com ela. Sua pressa era tão grande que ele estourou uma boa parte do dinheiro que ele tinha suado para ganhar em transporte, e assim eu fiz a minha primeira viagem de ônibus, o que foi um tempo alegre de velocidade, desde a Rua Market de San Jose até o terminal na 6 com a Main, no centro de L.A. Dali, por telefone, meu pai estabeleceu contato rapidamente, e em poucos instantes seu encontro era coisa consumada, e assim, em poucas horas, depois de perder meu rico pai italiano, achei uma pobre mãe *Okie**. A diferença básica entre esses dois pais ocasionais, deixando de lado o sexo e a maneira de

---

* Trabalhador rural itinerante, particularmente os originários do Oklahoma nos anos 30. (N.T.)

viver, era que a mulher tinha um filho da minha idade – na direção de quem ela estava sempre lançando olhares de amor ampliado por óculos, para receber, por sua vez, olhares carinhosos semelhantes enviados através de lentes ainda mais grossas. Este novo parceiro de cama, meu irmão, era muito feio, mas ainda assim perfeitamente legal como companheiro de brincadeira, apesar de ser excessivamente controlado pela mãe (dificilmente o que se poderia esperar de uma típica *Okie* da Califórnia como ela, já que muitas são conhecidas por tratar suas crias mais jovens de um jeito bem solto, especialmente em famílias grandes, mas, tendo a mãe e o filho ficado juntos, só os dois, por muito tempo, formou-se uma proximidade que tendia fortemente para o oposto da dominação mais impessoal encontrada quando há mais crianças) e do fato perturbador de que, sem fazer um tremendo esforço, eu não conseguia tirar os olhos dos dele, que eram fora de foco a tal ponto que muitas vezes eu não sabia para onde ele estava olhando. Juntos ele e eu sentávamos no alto do pico de grama e cascalho de Bunker Hill (em algum lugar próximo nossos pais tinham encontrado acomodações apropriadas para nós todos no que eu suponho fosse um apartamento) para debater os méritos da minha linda faca nova e do seu enferrujado mas verdadeiro revólver 32 (única lembrança deixada por um pai desconhecido) e, embora nossas discussões fossem às vezes acaloradas, pois cada um de nós insistia nos pontos de destaque de sua arma – meu forte era o silêncio da faca – eu me lembro de estar ainda mais excitado e impressionado com a altura considerável do nosso mirante, e sua posição privilegiada para ver todas as milhas de luzes da cidade que se estendiam abaixo. Acerca da minha nova madrasta, não consigo me lembrar de nada, exceto que, em frente a uma drogaria uma noite, enquanto esperávamos por alguém, ela me contou a piada velha que termina com a frase "Vamo nessa, Napoleão, parece que vai chover". E, embora eu deva ter passado meio ano em L.A., tudo o que permanece preso em minha memória são túneis iluminados e reverberantes.

O verão passou, e o pai ainda adiava a nossa partida, provavelmente detestando a perspectiva de interromper seu doce caso de amor para enfrentar uma viagem de descolação pelo país afora, ao encontro de um inverno solitário em Denver, sem ter seu filho ou o consolo dessa mulher. Ao contornar o problema de me devolver para a casa da mãe como prometido, ele fez, depois de muito adiamento, uma declaração de destituição para o Ajuda aos Viajantes, que investigariam o requerimento, e então nos mandariam de graça para casa, se fôssemos aprovados. Este digno órgão deve ter extraviado a nossa ficha, ou ter problemas de falta de pessoal, falta de fundos ou excessivo rigor – uma vez que deveriam ser muitos os que precisavam de seus serviços em 1933 –, de toda forma, era Natal quando meu pai finalmente recebeu passagens para nós. E assim foi que, de setembro a dezembro, curti a mais extensa das duas prolongadas ausências nos meus seis anos consecutivos na Ebert – a outra havia sido apenas poucas semanas na escola primária Maria Mitchell, em frente ao Cole, freqüentando a Ir High 1. Esta moderna escola de L.A. tinha tais surpresas na sala de aula, como começar o dia com um juramento de fidelidade à bandeira (não é usado no Colorado e já foi abandonado na Califórnia) e a emoção de ter um lugar atrás de uma gracinha absoluta, que era morena e inteligente o suficiente para nomear corretamente (e escolhida para amuadamente emprestar ao pobretão eu) todas as cores de sua caixa de lápis crayon, o que para mim parecia impossível. Assim, apesar da vergonha que sentia em meus esforços repetidos e desesperadamente incapazes de identificar a maioria delas, fiz a principal descoberta surpreendente do semestre: eu não distinguia as cores.

As lembranças do adeus de meu pai para a sua mamãe *Okie*, tipo Charles Boyer-Irene Dunne na plataforma do trem da meia-noite, está enevoada menos pelos anos que se passaram do que pela recordação de que eu estava prestando atenção com muito mais intensidade ao trem que sairia e no qual iríamos embarcar; pois a nossa viagem de agora, como passageiros, representava uma outra primeira experiência há muito esperada. Saindo das Rochosas, a magnífica sensação de desfrutar de quarenta e oito horas como viajante privilegiado se intensificou de modo a me manter sorrindo de alegria e admiração por estar, depois de um dia inteiro, ainda fazendo cautelosamente a curva para sair da grandeza de inverno do Divison Continental na direção de regiões familiares e de casa. Com a visão exuberante do interurbano para Golden, eu deixei escapar exultante "Há um bonde em Denver", mas minha felicidade com esse primeiro sinal genuíno do destino previsto, que me faria contente de chamar qualquer bonde de bonde de Denver, foi prontamente atacada com um bombardeio formidável e irracional de escárnio cheio de desprezo deplorando a minha ignorância, vindo de repente de um garoto gordo. Finalmente este companheiro de viagem, um produto flácido de dez ou doze anos de má orientação, acalmou seus perdigotos em volume alto o bastante para espumar uma oferta de aposta de que eu estava errado, vangloriando-se de que ele estava fazendo uma viagem nesse transporte todo mês, e o conhecia como o Golden Interurban, e não como um bonde de Denver. É claro que era apenas um mal-entendido em relação aos sentidos, uma vez que a Companhia dos Bondes de Denver era proprietária e operava o carro de hora em hora pela linha rápida de doze milhas, como também os modelos mais antigos e menores que trafegavam nas ruas de Denver, os quais eram o que o monstro obeso tinha em mente, enquanto eu, julgando somente por sua cor característica (eu podia ver tinta amarela sim, especialmente se fosse brilhante como a usada nesses bondes), e pensando com a perspectiva mais ampla obtida por ter atravessado um terço do continente, naturalmente incluía o interurbano como um bonde de Denver; mas, surpreendido, e certamente não sendo dado a fazer cavalos de batalha, rapidamente me rendi a seus argumentos.

•

Meu segundo período no Snowden, de janeiro a junho de 1934, apenas metade do primeiro em duração, foi marcado por maior liberdade pessoal, com novas descobertas sexuais predominando. Havia Beverly Tyler, um xuxu de oito anos cujo irmão mais velho, Bill, era um dos companheiros rufiões de Jimmy. Foi ela que, descontando as dobras de carne, me ensinou errado a desenhar com um giz na calçada um círculo perfeito dividido ao meio, figura da sua coisa – assim ⊕. E havia o lascivo tio dela, que tinha iniciado ela e vários outros em serem acariciados com sua pata investigadora, enquanto eles olhavam uma coleção pornográfica, incluindo "livros de sacanagem". Eu aprendi também o que queria dizer estupro; um menino esquelético de nome Joe Murphy era meu melhor chapinha, principalmente porque tinha um cachorro policial grande e amigável, e um dia a mãe de Joe, com quem ele vivia sozinho no último andar, fundos, estava tão cheia de inchações e escoriações e olhos pretos que mal podia mostrar o rosto enquanto dava queixa para os investigadores da polícia de três homens mexicanos que a curraram na alameda. Eu me lembro que Peggy

Barlow disse "Salsichão, o homem dela simplesmente pagou em tapa em vez de em grana", mas para mim, tão impressionável, ela parecia uma vítima histérica, de lábios apertados, num caso real de submissão forçada, e, enquanto aprendia a palavra para denominá-la, eu tinha praticamente completado meu vocabulário sexual inicial, inocente até mesmo de refinamentos tais como "veado" ou "bicha". Eu me lembro de ter interpretado erradamente diversas palavras isto é, por anos eu pensei que uma "fruta" fosse um homem que andasse por aí cheirando selins de bicicletas de meninas, certamente uma coisa à qual não muitos, incluindo eu mesmo, foram reduzidos.

Além de sexo direto e indireto – tal como andar de patins com garotas de pernas descobertas para colidir e cair embolados – eu apreciava o comportamento gregário de Joe; me lembro especialmente de escutar reverente a um recital, distorcido para sussuros, de ritos católicos em sua escola e igreja, velha e descorada, Sagrado Coração (também do irmão Jim), enquanto, numa tarde monótona, nós fazíamos mais uma das nossas fracassadas caçadas ao tesouro – realizadas com tão pouca freqüência que nosso caminho estava sempre envolto em teias de aranha, desde os momentos silenciosos da entrada até a hora apressada de sair através da pequena janela cuidadosamente quebrada para camuflar depois com vidro ainda intacto – numa discrição de penetra enquanto lutávamos suando para se esgueirar adequadamente em meio a todos os móveis abandonados e amontoados ao acaso que se aglomeravam a cada centímetro ao longo desse corredor de porta trancada do subsolo para sempre imerso na escuridão do Snowden. Mas, como sempre, eu sentia sobretudo o desafio constante de conquistar uma nova árvore ou edifício, na realidade, escalar tornou-se tão fascinante para mim que se desenvolveu uma mania poderosa o bastante para me deixar, quando não realmente empenhado em vencer alguma altitude, treinando equilíbrio por horas em cima da robusta âncora de cano do varal, no pátio lateral do Snowden. Lá, quer mulheres pendurando roupas perturbassem ou não, eu tinha tranqüilidade para repassar todos os pormenores meticulosamente planejados do enredo na minha fantasia de em breve partir numa viagem de carona e descolação para o Paraguai, América do Sul, com um grupo selecionado a ser reunido no caminho, e escolhido por testes rigorosos de agilidade que teria que se aproximar da minha, de forma que, juntos, nós poderíamos viver as nossas vidas felizes, passando de uma casa de árvore de 10 x 10 para outra – e essa idéia, especialmente a parte do Paraguai, estava de tal maneira na minha cabeça que toda a hábil zombaria e lógica sólida do irmão Jimmy contra ela não conseguiam mudá-la.

•

Com o verão de 1934, meu pai tornou-se outra vez meu responsável de comum acordo, mas nós não viajamos, por respeito à advertência do irmão de punição severa a não ser que eu estivesse de volta oportunamente dessa vez, e porque, de algum lugar, meu pai tinha se juntado a um bêbado alemão de mente débil, com um bigode grosso e um sotaque forte, que era o senhor de uma dúzia de guris, filhos de sua esposa que bebia ainda mais, e que, apesar dessa produtividade, não era feia, embora ela devesse ser quase cega, tão grossos eram seus óculos. Nossas duas bocas a mais pareciam fazer pouca diferença visível na panela de cozido (que, de fato, provavelmente teve seus ingredientes acrescidos pelo pai ter me levado para dar voltas por locais tão constantemente generosos no que diz respeito a descolar comida, como *Bluehill Cheese*, na parte baixa da Market, o *American Beauty Macaroni* no norte de Denver mais perto, no *South Platte* na Quinze, *Booth Fish* e *Knowles Sausage*, bem ao lado do Metropolitan, etc.) que nós todos compartilhamos juntos livremente sobre uma mesa de estábulo em seu velho celeiro (um verdadeiro ex-celeiro), logo no bairro de Barnun, no sudoeste de Denver. Aqui, sentindo-se mais livre por ver todos os irmãos numerosos relaxadamente fumar, xingar e brigar juntos em incursões de foras-da-lei pela esparsa vizinhança entre o leito do rio e o campo, eu logo segui o líder para trepar com todas as irmãs pequenas o bastante para subjugar – ou desinibidas o bastante para tomar a iniciativa. Isso tudo era muito divertido, mas muito rapidamente saboreado, morto recém-nascido antes de se desenvolver, porque, uma noite, quase imediatamente segundo me lembro, o alemão também silenciosamente subiu no quarto de dormir no sótão e os surpreendeu antes que a esposinha e meu pai pudessem parar de se esfregar no feno, e assim despedidas apressadas foram feitas (quase uma década mais tarde, meu pai e eu repetimos toda essa cena com eles, só que muito melhor) e um retorno relutante à rotina monótona de mudar de espelunca, só pernoite ou no máximo bimensal; Hotel Victor, ofuscado na sua esquina da Dezoito com a Larimer pelo Hotel Windsor, cujo saguão aquecido nós muitas vezes usamos para *rummy* 500, jogado até mil ou dois mil em toda mesa; Hotel Henry, subindo a Lawrence a partir da Vinte, um necrotério total que mais tarde vinha à mente sempre que me ocorriam edifícios quietos; *The Great Northern*, um tipo standard de duas de doze e meio na Larimer, perto da Quinze, em frente ao *Crescent Moon*, onde mais tarde eu compartilhei furtivamente de uma das mulheres de meu pai numa base puramente física.

•

Com setembro chegou a hora de deixar meu pai se encharcando na Larimer e reunir-me a minha mãe para o ano escolar de 1934-5. Encontrei um arranjo mudado para todo mundo menos para Ralph, que, com suas cortes, ainda dominava o ambiente no Snowden. Bill, o mais velho e mais legal dos meus quatro meio-irmãos, estava cumprindo um ano na Penitenciária do Estado em Canon City por não-pagamento de pensão. Jack, o terceiro mais velho e de longe o aliado mais leal de minha mãe, tinha abandonado a corte às irmãs Chambers para casar com Rita dos peitos grandes, e eles, juntamente com um idiota aleijado chamado Frank, a despeito da lua-de-mel, estavam agora fazendo bebida num apartamento de fundos do Evelyn, prédio de três andares com a frente de estuque rosa, ficando diretamente ao lado da Puritan Pie Co, o que o deixava sempre envolto num forte cheiro doce que efetivamente eliminava o cheiro incriminador do uísque. Poderia ser considerada, conhecendo a mente de Jack, uma razão básica para esta mudança do Snowden para meio quarteirão acima da Champa, é claro, mas esse provavelmente não foi o caso em absoluto. A meia-irmã mais velha Mae, juntamente com a minha outra, Betty (havia uma terceira irmã, mais velha, mas que não conheci antes de se passarem ainda mais doze anos), tinha pelo menos saído do orfanato *Queen of Heaven*, e imediatamente casou-se com "Big Bill" Herzog, um alemão de faces vermelhas e maneiras rudes, de trinta e dois anos, que era capataz na empresa de empacotamento de carne de *Blaney e Murphy,* emprego que ele perdeu quando Cudahy assumiu pouco tempo depois. Mas a novidade foi que, uma vez que Mae mal tinha treze anos, embora grande o bastante, o *Denver Post* achou que a cerimônia nupcial deles era uma notícia que valia a pena publicar e ainda por cima com uma foto da já curvilínea Mae, acompanhando a manchete principal insinuando que se tratava de mais um golpe contra outra pobre noiva-infantil.

Assim, quando me reuni a eles, Betty, Jimmy e o bebê da família, Shirley, minha única irmã por inteiro, compunham o grupo que ainda aprisionava uma mãe cuja súbita boa sorte tinha sido (tão raras eram as ocasiões em que a sorte dela era boa que é preciso assinalar) tornar-se indiretamente beneficiária de favores de um velho decrépito com quem sua comadre, Ann Sheehan, tinha estabelecido recentemente moradia no seu elegante duplex na Trinta e Dois com Downing, pois esse papai idoso possuía suas propriedades, e a generosa Ann logo encontrou um meio de minha mãe morar livre de aluguel num dos seus lugares logo do outro lado da alameda.

Embora essa casa, um troço enorme com dois andares dando para a rua Marion, não tenha sido nosso lar por muito tempo, já que foram apenas noventa dias até que Ann se separasse do seu homem endinheirado, é um lugar que evoca boas recordações, pois muitas coisas aconteceram ali. Esses eventos em si não são mais interessantes nem importantes do que qualquer outro desses monótonos momentos infantis já contados e que, como os outros, são colocados principalmente para que eu possa seguir em frente, simplesmente recontando cronologicamente episódios que agora assolam a memória mais prontamente do que outros relativos a um período em particular. Foi aqui que eu entrei naquela fase em que uma criança vence a ingenuidade o suficiente para ter consciência de que a reação emocional de um adulto é às vezes fora de propósito, e pode, na sua própria tela da razão, pintar as primeiras cores pálidas do julgamento, resultando dos movimentos iniciais de capacidade para examinar criticamente as perplexidades da vida, em pequenos movimentos experimentais da locomotiva do cérebro, antes que eles desapareçam rapidamente para unir-se àquele trem de experiências recordadas carregando sinais que indicam existência, que em si sobrepõem-se facilmente aos esforços de tração dos condutores, que logo cedem, do pensamento para resistir efetivamente a qualquer vantagem de ação negligente para dar a partida, e assim necessita travar freqüentemente o rebocador – o que é feito como se governado a vida inteira pelo trabalho típico de um maquinista – aprendiz ainda verde que, premido pelo tempo que voa e constantemente fazendo frente à carga excessiva de conteúdos emocionais, é para sempre uma bola perdida no mato alto dos desenvolvimentos pessoais – até que, com prioridades sempre variando por toda uma série de graus de consciência (vindo desde a raiz, no começo, das obscuras intuições infantis nas quais ainda não há um mundo claro para uma alma ou alma consciente de si mesma com um mundo), a falta anterior – pois que criança sustenta a lógica – atinge um ponto de fossilização tardia, resultante das repetidas atitudes erradas em infindável transformação de significados obscuros amontoados dentro do crânio, onde, através de tais hábitos limitadores, já não há mais a flexibilidade para transferência de pensamento e descarga de peso morto que um medidor normal permitiria, e assim, como dita o Destino de Fausto, é uma mente inepta, ser limitado em existência firmemente seguindo o trilho, sempre sobre o constante lastro preconceituoso do "Eu", sustentando onde quer que os anseios por espaço levem as ferrovias gastas da compreensão civilizada, assim daí em diante fica restrito a saques e arrumações de distorção pardacenta enquanto viaja fatigado pelo seu caminho-de-direito familiar do Pensamento Ocidental.

Mas, pondo de lado o papo furado piegas, na Rua Marion, adorável em outros sentidos pelo piano verdadeiro e o ruibarbo do quintal, aconteceram as primeiras de uma série de muitas ocorrências subseqüentes de inocência sendo traída por decisões anormais, quer excessivamente preocupadas ou fracas demais pela irresponsabilidade, que muitas vezes eram tão fora dos eixos, tão equivocadas em relação às minhas motivações simples de criança, que a minha razão que despertava ria com desprezo divertido de seus processos de lei obviamente tolos, às vezes amargamente, é verdade – se o julgamento decorrente desse comportamento mental e emocional ridículo afetasse, como tantas vezes o fez, adversamente a minha paz de espírito – embora, na maioria das vezes, eu risse com tolerância, e mesmo pena, especialmente de minha mãe. Para dar uma idéia melhor, aqui estão três exemplos de brincadeira de crianças que resultaram em punições inadequadas ou ríspidas:

O bobalhão encarquilhado, cuja carne Ann tinha adquirido temporariamente em nome do que de material ele possuía, incluía entre suas aquisições mais saborosas a loja de comidas *Red and White* que tão convenientemente ficava ao lado do seu duplex, imediatamente atrás do qual, com a carcaça de um caminhão Modelo T como teatro, dançava para mim Vera Cummings, a filha sempre promíscua de Ann, sapateando feliz nos seus oito anos de vida. Sua parceira de dança era uma outra garota de talvez seis anos, irmã de um garoto um ano mais novo que, ao meu lado na caixa que servia de assento, compartilhava igualmente minhas intenções de desejo carnal, como também a intensidade da impaciência em satisfazê-lo. E assim fizemos, revezando-se com as garotas depois de cada dança provocante, até que não sei se por medo de ser descobertos (o que poderia parecer uma negação da inocência antes mencionada, se não tivesse a conotação apenas de expressar a nossa óbvia sofisticação) ou por desagrado com os estreitos limites do ex-veículo e com a cama dura que largava farpas, ou simplesmente a idéia espontânea de mudar de lugar, decidimos transferir a brincadeira para o vasto quintal dos nossos companheiros de brincadeira mais novos, e assim partimos alegremente descendo a alameda para o local onde ficava, no meio do quarteirão, onde retornamos rapidamente ao emocionante jogo mais uma vez.

Logo fomos pegos pelos pais deles, eu em cima de Vera, irmão na irmã, e instantaneamente veio o único castigo deles: terebentina esfregada vigorosamente na nossa genitália, os pais gritando admoestações severas o tempo todo.

O segundo desse trio de castigos importantes do período na Rua Marion me perturbou mais pelo descrédito evidenciado do que pela surra violenta aplicada por meu irmão Jack. Nesse caso, a consideração deles compensou o meu orgulho em certa medida, pois eles eximiram as outras crianças não-viajadas, enquanto ninguém acreditava que eu pudesse ficar perdido por doze horas inteiras tendo em vista o fato de eu já ter circulado pela cidade inteira quando morava com o pai. Assim, por mais que insistisse que nunca havia estado naquela arca em particular antes, fui convenientemente rotulado e tratado como um fugitivo – por Jack pelo menos, pois minha mãe estava abalada demais. E pior, com a bunda para cima, pelo menos, eu, por natureza não afeito a pronunciamentos grandiosos, tinha levado Vera e o irmão e irmã incestuosos para esta aventura infeliz que tinha começado simplesmente como uma excursão para catar um pouco de lixo por algumas alamedas do Downing.

Mas, juntamente com o fato de ser submetido ao desconforto temporário mais profundo do meu traseiro, vinha a desfeita de ser permanentemente classificado de mentiroso. Além disso, eu era incapaz de sentir o remorso que Jack tentou instilar em mim com a tática de envergonhar com palavras rudes, uma vez que minha razão em rápido desenvolvimento, trabalhando sobre o conhecimento do que tinha realmente acontecido, claramente via o quanto era ilógica e fraca a base para sua convicção de que eu deveria estar envergonhado, pois era simplesmente uma suposição, bem infundada e típica da sua natureza, tão rápida em assumir conclusões não verificadas, particularmente se danosas ao caráter. Embora tenha que ser dito que, no fim, geralmente se descobria mais tarde que ele estava certo, eu tinha levado Vera...

Posfácio

Em 1979, quando Ken Kesey e Ken Babbs resolveram dedicar um número de sua revista, *Spit in the Ocean**, a Neal Cassady, Babbs pediu contribuições à memória dos amigos antigos e conhecidos de Neal. Um desses, Ed McClanahan, consultando seus arquivos, descobriu um pacote de páginas datilografadas, há muito esquecidas, amareladas pelo tempo e cheias de correções e novos trechos a lápis. Babbs me passou estas páginas e eu as reconheci como uma cópia carbono do manuscrito publicado de *O Primeiro Terço*, sendo na verdade uma última versão que Neal fizera, posterior à que fora publicada.

Ed diz que obteve esse manuscrito de Gordon Lish, e Gordon disse que o recebeu de Neal junto com algumas cartas. Ele vendeu as cartas, mas nenhum dos dois consegue lembrar o porquê desse manuscrito. Minha hipótese é que Neal o tenha dado a Gordon para ler e comentar e quando Gordon se mudou para Nova York, ele o deixou com Ed para devolver a Neal. Isso deve ter ocorrido em meados dos anos 60, quando Neal não estava fácil de segurar, e o manuscrito foi arquivado e esquecido.

Escondida em meu próprio arquivo estava uma página misteriosa dos escritos inacabados de Neal e sua cópia carbono, ambas com o número 118. O manuscrito

---

* Cuspida no Oceano. (N.T.).

que Babbs me deu acabava na página 117. Minha página órfã encontrara sua mãe. Em seguida, comparando esse manuscrito com a versão publicada, encontrei grandes diferenças.

Neal trabalhara no livro, em erráticos surtos de intensidade ao longo de seis anos, entre 1948-1954, enquanto ao mesmo tempo lia obras de autores que ele admirava. Sua paixão constante dessa época era *Em Busca do Tempo Perdido, de* Marcel Proust.

Os últimos esforços concentrados para reescrever foram em 1954 quando Neal estava imobilizado por um acidente na ferrovia e nós morávamos em Jose. Depois que mudamos para Los Gatos, no outono de 1954, ele só conseguiu trabalhar meio a contragosto, em resposta aos pedidos exigentes de Allen Ginsberg e Lawrence Ferlinghetti para que melhorasse e finalizasse para publicação o máximo do que já tivesse escrito de sua autobiografia. Nós trabalhamos juntos nela desde o começo, mas eu fiz o mínimo possível de sugestões, para garantir que o livro refletisse exclusivamente seu pensamento e estilo, não importando que o resultado fosse melhor ou pior.

A influência de Proust era bastante evidente para mim enquanto eu tentava decifrar e incorporar as revisões de Neal na última versão. A prosa do Prólogo, por outro lado, escrita muito antes, é muito mais simples e mais direta. A complexidade de sua prosa posterior, no entanto, é ainda um retrato verdadeiro do estilo pessoal de Neal, tanto quanto o de Proust. Ele gostava do desafio de encontrar palavras ou expressões que descrevessem suas observações, sentimentos e impressões da maneira a mais detalhada possível. Tinha prazer no jogo de estender as frases o mais que pudesse até o próximo ponto. (Muito como seu barato favorito de levar o carro o mais longe que pudesse antes de frear.) Ele sabia que não tinha nem o treino nem a informação necessária para pensar seus escritos em termos de mérito literário, mas também sabia o que queria dizer, e para se disciplinar e, de algum modo, conseguir escrever, ele inventava jogos de motivação. Eu encontro mais graça em seus escritos quando os leio com esse mesmo espírito.

Pessoalmente, me sinto grata por Neal ter brincado com as palavras escritas até o limite como ele fez. Podemos considerar algumas partes como um pouco *pretensiosas*, mas tanto em suas cartas, como nas várias versões deste manuscrito, temos a possibilidade de obter uma compreensão e comunicação muito mais íntima com ele, como ele era de fato.

Agosto 1981

Fragmentos e cartas

Ruas escuras, centenas de automóveis silenciosos estacionados em cima da estrada de ferro, edifícios mamutes, muitos com as luzes ainda acesas, aparecendo de súbito contra o perfil mais escuro, casas isoladas, casas de sujeira, de barulho, umas alegres, depois escuras, muito escuras; fico imaginando como são seus moradores. *Outdoors,* cartazes enormes, beba isso, coma aquilo, use todo tipo de coisas, TODOS VOCÊS, o melhor, o mais barato, o mais puro e que lhe dará mais satisfação entre todos os congêneres existentes no mercado. Luzes vermelhas piscando de todos os lados, cuidado aviões; carros zunindo, faróis, mais luzes. Trabalhadores consertam os encanamentos de gás. Anúncios, anúncios, luzes, ruas, ruas; é a escuridão entre elas que me atrai – o que estará acontecendo ali nesse exato instante? Que coisas escondidas, gloriosas talvez, passamos e perdemos para sempre. A congestão diminui, um cone de vazios mais largos se estende à frente do trem, agora deixamos o centro e, passado seu núcleo principal, as linhas interligadas perdem o pulso e nos entregam ao cuidado meticuloso do plano automático do Sistema. O labirinto de trilhos se desenovela das teias de cruzamentos de intelectualidade ferroviária para se tornar uma simples e digna linha principal; essas costelas de medidas precisas tão incessantemente trabalhadas, respeitadas, temidas. Oh, infindável estrada! da auto-intriga.

Um dia, enquanto revisava o trem, procurando freios gastos, etc... subi, por acaso, em um vagão, para checar a identificação de outro trem que passava (nosso orgulho, o Diurno, número 99) e encontrei um vagabundo. Vejo pelo menos 10 ou 20 vagabundos por dia, mas eu estava doidão, o sol quente, e tinha uma hora de espera antes do trem sair, então sentei do lado do cara pra conversar.

De repente ele começou a falar de suas alucinações; era apenas uma coleção semi-ordinária de idéias de vagabundo, como aquela do dia em que ele chegou em SF*, andando pela avenida Mission e viu uma rádio-patrulha, e pensou que estava ouvindo um policial anunciar repetidamente pelo alto-falante, enquanto o companheiro dele dirigia o carro lentamente: "Chegou a hora, todo mundo se deite para não se machucar quando o sol explodir". Sua mente escutava essas palavras, mas seus sentimentos eram de que eles na verdade estavam vindo em sua direção para prendê-lo porque a sua braguilha estava aberta (zíper quebrado e não tinha alfinete pra fechá-la), então ele correu pra se esconder num beco mas eles também passaram por lá; então ele saiu de SF e pegou um trem de carga até Watsonville. Essa foi a mais simples e mais acreditável das suas imagens. Tudo começou depois que ele tinha bebido vinho avinagrado e isso depois de estar há quatro dias sem comer. Ele estava nos trilhos dos trens de

---

* San Francisco (N.T.).

carga de Sacramento e pegou um vagão chato onde podia se deitar. O mundo parecia normal e não havia nenhuma indicação de que algo estranho pudesse acontecer. O fenômeno começou também devagar e normalmente – foi a coisa da sua cabeça se ligar no som da locomotiva a diesel enquanto ela avançava devagar e, organizando seu rugido num ritmo, ele decidiu recitar uma pequena frase naquele mesmo ritmo. O som particular de uma locomotiva a diesel é bem conhecido (como – *corre* nego, *corre* nego repetido, com a tônica na primeira sílaba, é claro, e se você fica nela tempo suficiente, pode botar a tônica em qualquer lugar já que a descarga do motor muda com a quantidade de pressão – como um carro mudando de marcha) e a maioria das pessoas, se entra nessa de criar uma frase para combinar com o som do motor, logo se enche da idéia e desiste. Esse vagabundo, porém, se deu mal, com sua frase – "Qual meu nome, qual meu nome?" Quando encalhou nessas palavras, enquanto o trem avançava, ele não tentava responder porque era desnecessário. Logo que a locomotiva acabou de passar, ele perguntou assim à toa, *Qual meu nome?* e, com um choque, descobriu que já não o sabia. Ele pensou que tinha esquecido só por um segundo e sua cabeça confiantemente permaneceu lutando para se lembrar. E continuou tentando arrancar as palavras do seu nome de sua cabeça. Sem sucesso, tentou sons que podiam ser parecidos, John, Juan etc... e depois experimentou com outras palavras: John, Peter, etc... Finalmente, estava exausto ali deitado.

Imaginou que era melhor dormir e que se lembraria quando acordasse. Isso também não deu certo, e ele entrou em pânico. Ele disse que sentiu um desejo insuportável de pular do trem e correr o mais rápido e o mais longe que pudesse, mas ao mesmo tempo sentia também uma insuportável incapacidade de se mexer. E então o trem do lado dele começou a andar e ele pulou nele, e não se importando pra onde ia, ficou lá deitado tentando recordar o seu nome e rememorando seu passado, inclusive o que andara fazendo ultimamente. Lembrava pouco de sua vida anterior mas recordava com facilidade o que acontecera recentemente. Ele estivera lá na terra de ninguém, no calor do Vale San Joaquim na colheita de frutas. Assim que pegou alguma grana foi para Sacramento e conheceu e fez amizade com o gerente de um bar. Dias depois alguém entrou no seu quarto e roubou o seu dinheiro e seus sapatos. O gerente do bar arranjou-lhe uns sapatos velhos e lhe deixou tomar um porre às custas da casa. Então ele voltou para a ferrovia e pegou um trem para Salinas (ao sul de W. Ville) etc, etc.

Roubei meu primeiro carro aos 14, em 1940; por 1947, abandonando esses excitantes prazeres da alma para celebrar o advento da idade adulta, eu já tinha estado ilegalmente de posse de uns 500 carros – seja só por alguns momentos, retornando ao seu dono o veículo antes dele voltar (i.é., em estacionamento) ou carregando-o com o propósito de alterar de tal modo sua aparência para ficar com ele algumas semanas, mas em geral só para andar um pouco nele pelo simples prazer.

A emoção virgem que se tem ao roubar um carro pela primeira vez, especialmente quando mal se sabe fazê-lo funcionar direito, e se leva vários minutos para o conseguir – é extenuante para o sistema nervoso, e eu achei a experiência excitante. Fui iniciado nesse passatempo tão estimulante (embora inegavelmente estúpido) por um encontro casual com um mau-caráter local, que eu tinha conhecido na escola. Nós topamos com um Oldsmobile sedan 38 que estava estacionado na frente da portaria bem iluminada de um edifício de apartamentos. Acontece que esse modelo do Olds é um tipo bastardo – sendo o Olds um carro "experimental" da GM – e tem a ignição, faróis e rádio, etc. colocados de forma pouco convencional no painel, em botões que parecem chifres de boi; e com essa dificuldade aumentando o seu pânico os esforços de John para ligar o carro pareciam cômicos vistos de meu vantajoso esconderijo atrás de uma árvore. Ele ligou o rádio, os faróis, tudo menos a chave, e de qualquer modo, quando finalmente se enrolou tanto que tocou a buzina, saiu voando, esquecendo até de fechar a porta. Então, foi com medo genuíno, tão bem fundado que me fazia pensar que eu estava sendo realmente heróico, que nós nos arriscamos a outra tentativa. John, minimizando seu próprio pavor, me assegurava continuamente de como era fácil, e isso (depois dos muitos minutos quietos que passamos terminando nossa observação atrás de uma enorme árvore) finalmente sustentou minha coragem o bastante para que eu corresse e dirigisse eu mesmo o carro.

Nós o deixamos no interior de um posto do Exército ao sul da cidade, depois de trancar o motor numa curva em U e, mesmo ajudados por dois soldados que o empurraram conosco, o motor chegando a rodar umas poucas vezes, tínhamos descarregado a bateria e fomos obrigados a pegar carona para casa, chegando perto do amanhecer e provocando umas complicações em casa, que apesar de sua forte carga emocional, não se comparavam nada à excitação que eu vivera durante a noite – e que me fez literalmente formigar por vários dias até que, depois de ter ajudado na missa, como de costume, uma manhã, deixei a sacristia para dar de cara com um Mercury último modelo com chaves penduradas!

Naturalmente, nunca tendo dirigido um carro tão potente, eu queimei borracha o quarteirão inteiro, antes de compreender como superar esse problema. E embora ainda bastante inexperiente como motorista, eu sei que demorou tanto tempo para parar com os guinchos dos pneus só porque a cada vez que apertava o acelerador, fosse por fração ou uma pisada firme, não era o bastante para diminuir a potência – porra, agora que penso nisso –, eu devia estar em marcha alta!

De qualquer modo, a natureza erótica da experiência com o Mercury incluiu festivamente a exploração da anatomia da garota da escola que eu peguei com ele, e no entanto não traz nenhuma reminiscência mais aguda, mais forte, mais significativa que a dos instantes da fuga que incluíram a ultrapassagem de um sinal de trânsito de três tempos no primeiro quarteirão...

Primeiro encontro com Jack Kerouac e Allen Ginsberg na Universidade de Columbia.

Uma noite, no verão de 1945, eu estava com um cara chamado Hal Chase. Tomamos umas e outras e, como éramos ambos jovens e cheios de seiva de vida, começamos a falar da vida. Hal, naquele tempo, tinha uma forte influência sobre mim, principalmente porque fizera coisas que eu ainda não havia feito. Por isso tudo, o que ele me dizia era mais importante do que se a situação fosse o contrário.

"Outro cara que me interessava muito era um tal de Allen Ginsberg."

"Ah, é? Quem é ele?"

"É um intelectual terrivelmente decadente com quem eu morei no ano passado na escola."

"Me fale sobre ele."

"Bom, eu não sei por onde começar. Mas ele é um poeta, e diferente dos outros, quando escreve rimado ele acha uma merda e coisas assim. Outra coisa é que ele se diverte muito em provar que não está errado e mesmo quando ele sabe pouco do que você está falando ele começa a te contradizer, e, por pura perseverança, te cansa até você duvidar de você mesmo. Na verdade, ele me perturbava tanto que perto do final do semestre eu tive que tomar algumas medidas defensivas."

"Ah é? Como é que foi?"

"É muito difícil explicar, mas, o principal é que –"

Então ele descreveu de uma forma bastante vaga o que ele fez para "se defender" desse jovem selvagem, terrivelmente brilhante, mas também decadente. Hal então falou da homossexualidade do seu amigo e de seus efeitos desastrosos.

Nuns poucos vinte minutos eu obtive um retrato extremo e abstrato de um jovem universitário judeu, cuja mente espantosa tinha o germe da decadência e cuja esterilidade produzira uma máscara *blazé*, e no entanto fascinante. Sua alma secara numa mente que excretava uma poesia verbalista, e sua vida sexual, feita à mão, criara uma perspectiva simbólica cínica sobre toda a confusão da vida.

Esse retrato, tornando-se mais abstrato à medida que o tempo passava, fixou-se firmemente em mim. Eventualmente eu pensava sobre esse Allen, mas a especulação sobre ele deixara de ser consciente. Eu tinha mesmo esquecido que ele era veado quando o encontrei uma noite, 18 meses depois.

Tinha ido para Nova York no outono de 1946, e chegando lá procurei logo por Hal Chase. Depois do jantar fomos a um bar bastante insípido perto da Universidade. Acabávamos de pedir nossas bebidas quando Hal reconheceu uma voz e disse "esse é Allen Ginsberg" ao mesmo tempo que uma cabeça espiava da divisória ao lado e olhava para mim. Tinha o cabelo preto como carvão, foi o que primeiro me bateu nos olhos. Era um pouco comprido mas não formava aquela massa de elaborado mau-gosto que um poeta normal do tipo intelectual gostaria de exibir. Me agradou a maneira como o cabelo era repartido e caía num topete natural e os lados penteados para trás estavam perfeitos para seu rosto, a aparência de seu penteado perfeito era diminuída pela percepção de que ele dava pouca atenção à glória de sua coroa. Passando de seus atributos naturais meus olhos se fixaram em seu nariz. Era claramente um nariz judeu, mas mais reduzido que a maioria; na realidade, em vez de se sobressair no rosto, como é comum no nariz de judeus, o dele parecia declarar simplesmente "isso é um nariz com o qual se respira e cheira" – seus lábios eram grossos, muito cheios, quase negróides. À primeira vista considerei-os sensuais, mas olhando mais de perto, senti que de algum modo eles caíam muito pacificamente quando em repouso e desapareciam muito rapidamente num sorriso, para serem chamados de sensuais ou lúbricos, no sentido mais aceito. Ao invés, instintivamente, eu os senti da mesma forma que o nariz, colocados ali para serem usados mais que para sobressaírem. Se havia alguma parte de seu rosto da qual ele era consciente, eram os olhos. Eram grandes, escuros e meditativos. Eu não sabia o quanto de meditativo havia neles pra valer; e quanto ele estava acrescentando para que os percebêssemos assim.

Sua voz, embora eu a tenha ouvido mais de mil vezes, escapa à minha lembrança. Lembro de que era agradável, variada e culta, mas suas características sonoras estão perdidas para mim.

Hal levantou o rosto e disse "alô, Allen". Allen assentiu, um pouco brusco, eu pensei.

"Esse é Neal Cassady, ele acaba de chegar de Denver e nunca esteve aqui antes."

"Alô."

"Como é que você vai?"

"Neal está procurando um lugar para ficar, alguma sugestão?"

"Já tentou o Hotel Mills?"

"Não dá. Ele está com a mulher dele."

"Bom, então não conheço nenhum lugar por aqui."

Sentamos os dois de novo em nossas respectivas divisórias. Allen estava com alguém que Hal não conhecia e, já que nosso grupo também era grande, não se fez nenhuma tentativa para juntar as duas mesas.

Alguns instantes depois Allen enfiou a cabeça de novo por cima da divisória. "Seu nome é Lu Anne? Que nome esquisito", disse ele e se sentou de volta. Minha mulher balbuciou "é", ficou encabulada, e sugeriu que nós fossemos embora. Fomos.

Não vi Allen por mais de um mês, e então, acho que em 10 de janeiro de 1947, nos encontramos de novo. Um amigo meu, Jack Kerouac, sugeriu que fôssemos até a cidade e ele me apresentaria a uma mulher fabulosa chamada Vicky. Ele falara dela muitas vezes e já que estava no meu clima, resolvi ir.

Ela morava na rua 89, no último andar de um enorme edifício de apartamentos-estúdios. Quando saímos do elevador e entramos no corredor estreito eu ouvi uma voz alta de homem falando rapidamente num tom ansioso e suplicante. Parei do lado de fora da porta para ouvir. Ele falava ainda mais rápido do que eu percebera de início, tão rápido, que eu esperava que as palavras perdessem os limites e se misturassem, mas não aconteceu.

"Esse é Norman. Ele é louco por análise Reichiana."

"O que é isso?"

"Você vai descobrir", disse Jack e bateu levemente na porta. O rio de palavras cessou por um instante e uma voz feminina perguntou: "Quem é?"

"É Jack."

"Só um minuto."

As fechaduras da porta foram abertas e Jack se introduziu, eu o segui.

"Aló, saudações gerais, maravilha", chupou Vicky, enquanto ela beijava efusivamente o seu rosto. Jack olhou em torno rapidamente e balbuciou um "alô", e então percebendo Allen, "Ei, o que você conta?"

Minha primeira impressão do quarto foi do quanto ele era pequeno. Calculei em torno de 3m x 3,5m, com uma cama e um armário como única mobília. Na cama, que era obviamente o cenário de toda a atividade, sentavam Norman e Vicky. Jack e eu ficamos de pé e Allen ocupava o pequeno banquinho ao lado do rádio, que estava ligado...*

---

* Comparar com a descrição que Kerouac fez deste primeiro encontro, nos capítulos iniciais de *On the Road*. (N.E.)

Livro Um

A Geração Hip Está em Greve
Contra o Homem

I

WILLIAM HUBBARD* NASCEU em St. Louis em 1917, herdeiro das Máquinas de Escrever Hubbard; nunca teve que se preocupar com dinheiro em toda a sua vida. Ele veio ao mundo com os primeiros traços de um magnífico tédio inscrito em seu semblante, uma criança aristocrática, de lábios finos, mas com uma curiosidade ávida por trás dessas defesas exteriores que na infância e adolescência lhe davam um ar de doçura.

A tia megera de quarenta anos transparece quando o sorriso doce não é mais notado, muitos de seus tímidos progressos abandonados em função de sua enorme sensibilidade; o anão desconfiado de meia-idade continua pleno de fé em suas crenças dos dias de juventude.

O pai de Hubbard, seguindo literalmente o estilo americano, possuía uma casa nos arredores de St. Louis onde nada jamais acontecia; estrada Clayton, 1918, quando Bill já tinha idade para perceber o tempo vazio como um peso que tinha que suportar já que, como criança, ele não podia ver nada além de garagens Tudor, e caminhos serpenteantes através dos gramados para o prazer de seus dias cinzentos. Mais tarde, ele diria: "Houve um tempo em que os melhores entre os americanos viviam no centro da cidade, o homem da casa podia dar a volta na esquina

---

* Trata-se, obviamente, de William Burroughs. (N.E.)

e transar todos os seus negócios e seus baratos. Quando a chamada elite começou a se mudar para fora da cidade, isso significou que a cidade, e de fato a civilização inteira, estava começando a decair. O gordo negociante burguês com seu martini diário antes do jantar, nos subúrbios, não só perdeu o contato com os prazeres e o mundo, mas, as estatísticas mostram, morria em média aos 55 com regularidade cronométrica, de hipertensão e doenças cardíacas. Naturalmente". Aqui ele pontua com sua fungada característica, "tumpff".

O jovem Bill foi educado com requinte, mandado para as melhores escolas; uma delas, uma escola de equitação no Novo México, no verão, profeticamente próxima de Almo Gordo, o lugar da primeira explosão atômica, onde, montado a cavalo, esse príncipe americano contemplava o deserto através de óculos de aros de aço, com seus gélidos olhos azuis.

Aos dezesseis anos ele já se colocava alto em seu cavalo como um Governador nas Colônias, era tão sarcástico como uma tia velha, e tão veado quanto o dia é longo.

II

HERBERT HULK NASCEU em 1917, começando sua vida com uma incongruência.

Ele que acabaria espectralizado com a cor de queijos curados sob as luzes das ruas de prostituição de LA a Chicago, à Ilha Rikers, viu a luz da vida pela primeira vez nas florestas nevoentas do oeste de Massachusetts, numa clareira de casas, perto da vila de Greenfield....

(Rocky Mount, Agosto, 1952.)

Carta para Jack Kerouac, 7 de março de 1947 (Kansas City, Missouri).

Caro Jack:
Estou sentado num bar na rua Market. Bêbado; bem, ainda não, mas logo vou ficar. Estou aqui por duas razões; tenho que esperar cinco horas pelo ônibus para Denver e em segundo lugar, mas, principalmente, estou aqui (bebendo) por causa, é claro, de uma mulher, e *que mulher!* Pra seguir cronologicamente:

Eu estava sentado no ônibus quando entraram mais passageiros em Indianápolis, Indiana – e uma perfeitamente proporcionada, linda, intelectual, apaixonante, personificação da Vênus de Milo me perguntou se o lugar ao meu lado estava vago!!! Eu dei um soluço, (estou bêbado), tossi e gaguejei TÁ! (Expressão paradoxal, como é que se pode gaguejar Tá!!?) Ela sentou – eu suei – Ela começou a falar, eu sabia que seria sobre generalidades, então para tentá-la, continuei calado.

Ela (seu nome era Patrícia) entrou no ônibus às 8 da noite (Escuro!). Eu não falei até as 10 da noite – nessas duas horas eu não só, é claro, decidi que ia transar com ela, como também resolvi como IA FAZER.

Naturalmente, não posso reproduzir a conversa verbalmente, mas vou tentar te dar o espírito da coisa entre as 10 da noite e as 2 da manhã.

Sem a menor preliminar de observações objetivas (qual é o teu nome? pra onde estás indo? etc...) eu mergulhei num papo completamente lúcido, completamente subjetivo, pessoal e por assim dizer "penetrante em sua essência"; pra sintetizar (já que está ficando impossível escrever), lá pelas 2 da manhã eu a tinha jurando seu amor eterno, sua completa sujeição a mim e satisfação imediata. Eu, antecipando ainda mais prazer, não a deixei me chupar no ônibus, em vez disso nós ficamos brincando, como se diz, um com o outro.

Sabendo que seu ser supremamente perfeito era completamente meu (quando eu estiver mais coerente te conto a história completa dela e razões psicológicas para me amar), não podia conceber nenhum obstáculo para a minha satisfação, bem, "os mais bem elaborados planos de ratos e homens freqüentemente vão pro brejo" e minha nêmesis foi a irmã dela, a putona.

Pat me contou que estava indo para St. Louis encontrar com a irmã; tinha telefonado para ela vir esperá-la na rodoviária. Aí, pra nos vermos livres da irmã, quando chegamos em St. Louis, às 4 da manhã, nós andamos em volta da estação pra ver se ela (a irmã) estava por lá. Caso contrário, Pat pegaria sua mala, trocaria de roupa no banheiro e, ela e eu, nos dirigiríamos para um quarto de hotel para uma noite (anos?) de divina e perfeita graça. A irmã não estava à vista, então Ela (repare a maiúscula) pediu sua mala e foi ao banheiro se trocar... longa pausa...

O próximo parágrafo, por necessidade, tem que ser escrito completamente no modo objetivo...

Edith (sua irmã) e Patrícia (meu amor) saíram do mijador de mão na mão (não posso descrever minhas emoções). Pelo jeito Edith (bah) chegou cedo na rodoviária e enquanto esperava por Patrícia, estando com sono, retirou-se para os toaletes, pra dormir num sofá. Por isso Pat e eu não a vimos.

Meus esforços desesperados para livrar Pat de Edith falharam, até o terror de Pat por Edith e sua dependência de escrava da outra se rebelaram o suficiente para ela inventar que precisava ver "alguém" e encontraria Edith mais tarde; *tudo* falhou. Edith era esperta; percebeu o que estava acontecendo entre Pat e eu.

Bem, pra sumarizar: Pat e eu ficamos na rodoviária (bem à vista da irmã) e fazendo flexões um para o outro, jurando nunca amar de novo, e então eu tomei o ônibus para Kansas e Pat foi para casa, submissamente, com sua irmã dominadora. Horror, horror...

Inteiramente (tente compartilhar meus sentimentos) desolado, enquanto o ônibus seguia para Kansas. Em Columbia, Missouri, uma jovem (19) e completamente passiva (meu bife) *virgem* subiu e sentou a meu lado... Na minha desolação pela perda de Pat, a perfeita, eu decidi sentar no ônibus (atrás do motorista) em plena luz do dia e seduzi-la; e falei das 10:30 da manhã às 2:30 da tarde. Quando acabei, ela (confusa, sua vida inteira desestruturada, metafisicamente maravilhada comigo, apaixonada na sua imaturidade) telefonou pros seus velhos em Kansas, e foi para um parque comigo (estava começando e escurecer) e eu comi ela; fodi como nunca antes; toda minha emoção contida explodiu com essa jovem virgem (e ela era), e ainda por cima professora secundária! Imagine, ela passou dois anos na Faculdade Estadual de Educação do Missouri e agora ensina na Junior High School (não consigo mais pensar em linha reta).

Vou parar de escrever. Ah, sim, para escapar um pouco das minhas emoções, você precisa ler "Almas Mortas", partes dele (nas quais Gogol revela suas intuições) muito parecidas com as tuas.

Mais tarde, eu vou elaborar mais (quem sabe?), mas no momento estou bêbado e feliz (afinal, já estou livre da Patrícia, às custas da virgenzinha. Não sei o nome dela. Com as notas alegres de Les Young em "Jumping at Mesners" (que eu estou ouvindo) fecho, até mais tarde.

>Ao meu Irmão
>Vai em frente!
>
>N. L. Cassady

Carta a Jack Kerouac, 3 de julho de 1949. (excertos)

Caro Jack:
Me sinto numa de reminiscências. Então, aqui vai uma pequena história de prisões. Um relato de caso.

Meu primeiro emprego foi como entregador, de bicicleta, nos arredores de Denver. Conheci um cara chamado Ben, com quem costumava roubar qualquer coisa que visse, quando rodávamos nas primeiras horas da manhã num Buick 1927. Uma coisa que fizemos foi dar uma porrada no carro do diretor da escola secundária, outra foi roubar galinhas de um homem que ele não gostava, outra era depenar carros e vender as peças. Eu comprei o Buick dele por 20 dólares. Meu primeiro carro; não passaria na inspeção dos freios e dos faróis, então resolvi conseguir uma licença de fora do estado para usar o carro sem ser preso. Fui para Wichita, Kansas, agitar as placas. Andando pela avenida principal sou acostado por um xerife metido que deve ter me achado jovem demais pra estar caroneando. Encontrou as placas e me jogou na cadeia de duas celas, junto com um delinqüente do condado que devia estar num asilo de velhos, não conseguia comer sozinho (a mulher do xerife dava comida pra ele na boca) e ficava o dia inteiro babando e se molhando. Depois da investigação, que incluiu caretices como um interrogatório com o pai e então uma mudança abrupta para me amedrontar com ameaças, uma comparação de minha escrita a mão, etc... fui solto e caroneei de volta pra Denver. Tentando lembrar, recordo bem a maior parte de meus crimes, e pouco de minha próxima prisão, mas eu acho que essa foi a segunda. Eu tinha estado em Indianápolis para ver a corrida de carros de 39 e em South Bend pra ver o jogo da Notre Dame e na Califórnia para viver em Los Angeles e todas essas viagens de carona me fizeram ver a sabedoria de caronear de dia e roubar um carro de noite para correr mais. Bem, quando eu voltei pra Denver, isso virou um hábito, toda noite eu dormia na banheira de um edifício de apartamentos e acordava, ia na casa de algum amigo pra comer e então roubava um carro para pegar garotas na saída da escola. Eu podia trocar de carros no meio da tarde, mas de qualquer modo pegava alguma garota e ia passar a noite nas montanhas, voltando ao romper do dia pra minha banheira. Fiquei cansado disso e resolvi voltar pra Califórnia. Eu conhecia um cara chamado Bill Smith e ele queria vir comigo. Um dia, na primavera de 41, eu tinha 15, roubamos um Plymouth na esquina da Stout e da rua 16. A gasolina acabou quando estávamos entrando em Colorado Springs. Eu andei um quarteirão ou dois e vi um Buick 38 parado, entrei, peguei Bill na esquina e fomos em frente.

Passando por Pueblo, vi um carro da polícia atrás da gente e propus que a gente saltasse e corresse, mas Bill estava irremovível, é claro que nos pararam, desconfiaram de nossa estória, e nos levaram. Na delegacia descobri que tinham nos flagrado tão rápido porque tínhamos roubado o carro do delegado. Uma hora mais tarde o delegado de Colorado Springs vinha pegar o seu carro e nos levar de volta pra julgamento. Eles não acreditaram que o nome de Bill fosse mesmo Bill Smith, que parecia um codinome. Também não acreditaram que ele fosse um caroneiro, como eu lhes contei. Eu tinha um pouco de vaselina para meus lábios partidos e o cana escriturário escroto riu e perguntou se a gente não se comia. Ficamos presos em Colorado Springs por trinta dias e então fomos julgados. O pai do Smith foi lá e nos tirou. Novamente, voltei para Denver.

A prisão seguinte foi um ano depois. Nessa época eu estava usando a casa de meu irmão pra dormir, mas não trabalhava e continuava com essa rotina de roubar carros e com as garotas todas as noites. Deixei meu irmão e fui morar com um Bill Matley (já morara antes com ele). Partimos para a Califórnia de novo. Dessa vez eu e Matley não tivemos problemas até chegar a Albuquerque. Fomos apanhados numa enchente realmente catastrófica (com a água potável cortada etc.). Ficamos parados dois dias, sem conseguir carona nem encontrar carros pra roubar. Passamos a noite num galpão de estrada de ferro. Bill queria voltar, eu também. Finalmente vi um médico parando seu Buick por um momento na porta do hospital. Corri até lá, entrei no carro e peguei Bill e fomos embora para Denver. Depois de umas cem milhas, estávamos de porre com o garrafão de vinho que achamos no chão do carro e Bill quis dirigir. Pegou, e a cento e vinte por hora derrapamos na estrada ainda chuvosa e caímos na vala do acostamento. Andamos e etc para voltar. Eu estava flertando com Justin naquele outono de 41 e morando com a tia e o tio dele. Estava roubando carros com Ben, de novo, e depenando eles. Uma noite, estávamos rodando e passamos por acaso por um terreno onde eu tinha largado um carro roubado, alguns meses antes, no verão. Olhei pra lá e, acredite ou não, meus olhos viram o mesmo carro. Não podíamos acreditar e nos esgueiramos olhando em volta até ele. Como você sabe, Jack, um carro quente, deixado num terreno baldio na parte baixa do centro da cidade, seguramente era encontrado em alguns dias. (O terreno, já que você está em

Denver, era na rua Lawrence, entre a 19 e a 20). Bem, de algum modo, esse carro estava largado lá há cinco meses e ainda não tinha sido encontrado. Estávamos deslumbrados! Isso queria dizer que o carro estava frio agora e nós podíamos disfarçá-lo e guardá-lo para nós. Os garotos do lugar brincavam nele e arrancaram algumas coisas, quebraram o rádio, etc, mas nós o ligamos, enchemos os pneus num posto e estávamos... fiz uma pausa pra reler isso – escrito muito às pressas, muito besta: paro. Fui preso umas dez vezes e peguei um total suportável de 15 meses em seis condenações...

Carta para Jack Kerouac, 20 de julho de 1950. (fragmentos)

Na minha primeira viagem de trem, um guarda-freios meu conhecido e eu estávamos parados entre o trem de carga da manhã e o trem de passageiros que íamos tomar. Quando o final do cargueiro passava, um vagão mais largo se aproximou (enquanto a locomotiva do de passageiros chegava) e vendo como estava próximo, eu estiquei os nervos e fiz um esforço tremendo para me livrar do vagão largo, virando meu corpo de lado; meu nariz chegou a raspar na porta do carro, mas eu escapei.

Ele não; quando me virei, assim que o vagão largo passou, ele estava caído debaixo do de passageiros esperneando e tremendo como um coelho agonizante. Carreguei-o até uma plataforma duas pistas para lá e pedi ao condutor do de passageiros para chamar uma ambulância e um médico.

A cabeça dele estava esmigalhada, a parte de trás do pescoço até o centro do crânio e quase que de orelha a orelha estava achatada; sangue vertendo; e a sua mão segurava o chapéu; ele não deixava abrir os dedos. Levei dez minutos pelo menos até conseguir dormir, depois que peguei o trem de passageiros, estava tão abalado. No Oeste, você tem que se cuidar...

Carta para Jack Kerouac, 10 de setembro de 1950.

Caro Jack: (escrevendo numa locomotiva)
Meu grande e maravilhoso amigo. Fiz-lhe justiça lendo sua carta sobre a escola em Richmond Hill e viajando mais e mais para o interior.

Devo lhe dizer que você é o meu garoto, beleza – bem, foda-se. Ouça. Vou começar no momento em que larguei você e Frank e esticar até agora. É uma tarefa gigantesca, me sinto como Proust e você deve ter paciência comigo.

Deixei M. City "apertando o cinto" para a longa viagem adiante. Fiquei mais envolvido com a paisagem e notando as pessoas que passavam enquanto dirigia. Como estava sozinho, não precisava ficar fazendo relatório pra nenhuma outra cabeça e já que não estava respondendo a outras vozes me chamando a atenção pra outras vistas da paisagem ou outras coisas, não notei o que estava deixando de ver enquanto dirigia, sem ninguém pra me chamar a atenção pra essas coisas e assim, tendo somente meus próprios pensamentos loucos pra me atentar, respondia a cada emoção perfeitamente, no momento em que ela surgia.

A subida árdua através dos cortes nas montanhas e a beleza extrema de conduzir o carro e fazê-lo deslizar com perfeição sobre a superfície da estrada, enquanto minha mente viajava em cada coisa, que logo comecei a pensar em como finalmente eu poderia colocar tudo isso no papel pra você – Mas, outra hora – agora eu preciso te dizer como tudo estava maravilhoso. Olhe, os baratos visuais são os maiores do mundo, não há nada que os supere na verdade, em termos de pensamento abstrato, pois é pela maneira como você vivencia esses baratos que se determinam as tuas conclusões particulares, (na abstração, na mente), em relação à visão de cada momento. As reminiscências da tua vida e as visões dos olhos são na verdade as duas únicas coisas de primeira mão que a tua mente pode carregar instantaneamente.

A mente da gente carrega o tempo todo as pressões da própria existência, e lembra as visões anteriores para recordar o que foi tua vida passada e se alimenta desse material, tem um entendimento pesado das coisas que ela é capaz de conhecer e esse conhecimento é bloqueado na sua saída porque, enquanto a tua mente carrega o teu passado constantemente, ela também carrega na frente dela, o tempo todo, o mundo que entra pelos olhos.

Eu fiquei tão envolvido com os meus olhos e o que eles me traziam a cada virada da estrada e através de cada cidadezinha, que eu olhava para o mundo como se olha para um quadro. Meu campo de visão então ficou como uma tela, e enquanto eu olhava, eu via os quatro cantos da moldura que cercavam o quadro. Desde esse momento, toda vez que eu sinto o menor tédio, eu simplesmente tiro os olhos daquilo que eu estou fazendo e observo cuidadosamente a cena particular ali diante dos meus olhos.

(Agora mesmo – à minha esquerda o pescoço grosso e suado do motorneiro de macacão azul, cuidadosamente futucando o nariz).

Carta a Jack Kerouac, 5 de novembro de 1950, enquanto espero, em San Louis O bispo. (excertos)

Caro Jack:
Essa é uma imagem da mente da América que não pode ser apagada; que porra pensam e sentem esses índios enquanto caminham o dia inteiro carregando cargas pe-

sadas pra cima e pra baixo 6.000 metros de montanhas, sem comer nem precisando comer porque estão doidos – saca –, doidos com folhas de coca que lhes dão força e alucinações ao corpo e à mente. Qual é o barato deles?

Você estava falando sobre os coreanos... agora tudo o que você me escreve é, como te falei na última carta – as mesmas coisas que eu estou fazendo. O último filme que vi desde que a gente se encontrou pela última vez tinha alguns minutos de imagens da Coréia que foram "liberadas" quando os E.U.A. atravessaram o paralelo 38 e uma tomada de menos de 10 segundos mostra uma dança religiosa e os personagens!

Um cara que eu peguei de relance – louco – fora desse planeta, em transe enquanto seu corpo estremecia inteiramente, os olhos fechados e passos descoordenados de boneco. Onde é que ele estava? Onde é que nós estamos?

Eu curti muito o outro lado da imagem do índio peruano. Você conseguiu um tambor de conga? Compre um e uma flauta pra mim (ou descubra onde pode se comprar uma flauta).

Eu saquei o que você quis dizer sobre a Nina (é a mesma garota que endoidou o Allen na noite de Nova York). Eu curti ela.

Eu estava viajando e ela foi *simpática* comigo em vez de ficar criticando como as bocetas em geral e ela tem uma boa figura, que peitos e corpo magro. Aposto que a buceta dela é madura e sumarenta, hum?

Seu cão sortudo. Eu não dou uma trepada há séculos e nenhuma garota nova (a não ser putas) desde 1945. Na verdade, se você me ama, você vai fazer tudo o que for possível para encontrar uma garota, qualquer garota (gosto delas magras) (pra trepar, quer dizer, você sabe, as garotas magras são só BOCETA), e dizer a ela que eu fodo a noite inteira e chupo ela até a barriga cair fora e viro a boceta dela do lado do avesso pra poder fodê-la até o fundo mesmo, não que eu não consiga, de qualquer modo, com um pouco de cooperação, mas arranje uma boceta e a tua boceta e nós vamos fazer uma orgia de verdade a não ser que você queira continuar um "fodedor solitário". Me esperem em N.Y. em janeiro, março ou maio, a não ser que os tipos pontudos não sejam mais aceitáveis.

O começo do meu livro é: "Por muito tempo vivi uma situação bastante singular" etc, etc. Acho que me aprofundei nesse lance um pouco mais que de costume – a esfarrapada paternidade dos vagabundos da rua Larimer e eu como seu filho não-natural, etc...

A música é a única coisa boa que não depende dos olhos. Que coisa interessante fazer alguém perder o medo de que seus olhos caiam. Eu tenho outros meios de manter a paciência com meu corpo e suas demandas. Mas não posso pensar em nada melhor que uma boceta, adoro uma boceta doce e pura, uma que tenha o poder de prevenir sua dona contra quaisquer idéias enganosas sobre pra que ela serve... uma boceta que faça a garota e assim crie uma mulher que receba o meu caralho de todas e quaisquer maneiras pensáveis.

Eu tenho muito mais cabeça do que qualquer coisa que eu faça indica – assim como você, Jack –, mas quando é pra escrever cartas eu me saio mal mesmo.

Como é que se encontra uma garota? Eu não tenho problemas assim que começo a me dar com elas. Pra chegar até a posição de foder por todas as pequenas sensações que fazem o meu coração bater tão rápido que às vezes eu acho que vou desmaiar; não agora, mas daqui a uns anos, quando eu conseguir uma garota.

Ouça... É muito importante:

Encontrei meu verdadeiro amor duas vezes! Uma garota e depois outra – uma pelo olho e outra pelo ouvido. Agnes e Luanne.*

Em 31 de março de 1948 eu fui aceito pela Estrada de Ferro S.P. pra ter uma entrevista e começar meu segundo nível. Entrei num bonde no boulevard Geary em S.F. para ir à estação da S.P. e daí para Watsonville em 7 de abril de 1948. Enquanto descíamos a Geary e passávamos pela Van Ness e nos aproximávamos do verdadeiro filé de San Francisco, olhava pela janela avidamente, procurando qualquer saia bonita para alegrar meus olhos e lembrando o que seria aquela noite sozinho no dormitório de Watsonville e, sabendo que não ia ver nenhuma mulher nas próximas semanas. O bonde estava na velocidade mais alta no meio do quarteirão quando meu olhar num relance pega uma ruiva que parecia – ERA!!! – minha velha brasa de Denver em 42 – Agnes, um verdadeiro amor, uma puta como Luanne, só que mais – coisas que você não sabe, Jack, coisas que só eu lembro e sinto. Mas no momento que passamos na próxima esquina eu estava certo que não era Agnes mas apenas alguém parecido e um desejo do meu olhar, então, em vez de saltar e correr atrás dela, eu continuei a viagem no bonde. Estava atrasado pro trem (tempo certo) e também pra não gastar dez centavos, etc... *Deixo ela ir*! Mas nas próximas seis semanas do inferno solitário de Watsonville – tive muitas semanas de vida-dura como essa de Watsonville desde então – pensava em Agnes e em tudo que ela tinha significado pra mim, etc... Pra continuar:

Em 13 de outubro (sexta-feira) de 1950, 2 anos e 1/2 depois, vou até o centro comprar um chapéu de ferroviário que precisava. Na volta, já que já estava doidão e realmente

---

* Luanne é a Marylou de *On the Road*. (N.E.)

curtindo S.F. e as pessoas, parei numa lanchonete para me relaxar com um refrigerante, era um dia quente. Estava talvez há uns 2 minutos e 3/4 à espera do copo grande de coca que tinha pedido para me lembrar do verão de 47 e Burroughs e Huncke e todos no Texas e 1 caixote de coca por dia – olho através do balcão para curtir alguma mulher e VEJO – AGNES!! meu amor, a única antes de Luanne. Me mantendo frio, componho meu rosto conscientemente enquanto minha mente disparava – "É Agnes, é Agnes!". Então eu me aproximo e vejo seu cabelo pintado e vejo logo que agora ela é uma verdadeira puta.

Ela me vê – "Oh, Neal! Venha cá me cumprimentar". Eu sou só sorrisos, mas estou viajando, entende, Jack, viajando e por isso não consigo falar nada; é mais sério do que como me acontece comumente. Tropeço até alcançar um banco do lado do dela, saco que ela é conhecida nessa lanchonete tão perto dos hotéis das putas onde eu encontrei ela em 48, então eu tento e jogo o jogo corriqueiro para responder ao seu desejo não-expresso. Meu coração!! Não vai parar de bater!!

Eu penso na morte e como a gente quer explodir a alma através do caralho dentro dessas adoráveis criaturas e como elas fazem você fazer, mas, como a gente não consegue começar. Ela pergunta o que você está fazendo agora, tão casualmente como se vocês tivessem se conhecido ontem e você está pensando nas *fantásticas* orgias que você e ela fizeram, as suas lágrimas e chupando o pau!! Você está consciente da sua cara feia com a barba por fazer, cara de cafetão e o chapéu novo esquisito com os óculos escuros e, em vez de impressionar, como parece que ela precisa ser impressionada, você se pega repetindo e repetindo; você não sabe quantas vezes já disse ou quando começou a dizer depois que sentou do lado dela e enquanto ela terminava seu drink:

"Estou muito feliz de te ver!!!"
"   "   "   "   "   "
"   "   "   "   "   "
"   "   "   "   "   " etc...

E ela se levanta e sai, ela sorri pra você e promete telefonar na próxima sexta-feira e se recusa a ver a agonia nos teus olhos.

Então, embora eu morasse num apartamento de solteiro sem jeito só desde o mês anterior e conseguisse Ekotape e Erva e queria tanto ela, ela nunca veio nem telefonou ou qualquer coisa e diariamente quando eu voltava da estrada de ferro eu sentava e esperava o telefone bater ou baterem na porta e nunca mais soube dela e percebi de novo quem era essa garota. Que foda ela era, uuuuiiii! E como eu a amava de verdade em 43.

Quando eu estava na cadeia e foi pra ver ela que eu arranjei coragem pra tentar aquela fuga gloriosa que só quatro antes de mim tinham conseguido e por causa das torturas sofridas pelos que tinham sido apanhados, então eu sabia o quanto a amava. Disparei para Denver; eu a tinha deixado me amando tão inteiramente que fiquei tão culpado de abandoná-la chorando quando fui pra Califórnia que aconselhei ela a se casar e me esquecer... uma coisa que eu realmente não costumo dizer.

Mas quando voltei depois da fuga e esperei horas fora do restaurante dela (garçonete) e vi a sua figura e percebi que os sonhos que tivera na cadeia em que pegava Agnes e descobríamos uma cabana sozinhos perto do mar e nunca parávamos de foder etc... Que sonhos, dormindo e acordado – podiam se tornar realidade!

Eu corri pra ela quando ela saía do café. Ela brincou comigo como um gato faz com um rato, só que não tão sem malícia; ela tinha, eu percebi logo, um raio um pouco mais largo e quando eu a toquei não foi como nos meus sonhos mais recentes e não tão absolutamente apaixonados como antes, mas eu atribuí isso ao fato de que só estávamos juntos há meia hora mais ou menos e ainda estávamos tímidos quando saíamos do café (estranhamente) no caminho da minha escola primária na esquina das ruas 23 e Fremont.

Finalmente ela falou "Você não vai me abraçar?" Eu comecei e foi quando os guardas apareceram entre as moitas com as lanternas e disseram, "andando" e então nós praticamente atravessamos a cidade até outro lugar que eu conhecia e, Jack, eu confessei os meus sonhos para ela; eu a envolvi num mundo imaginário de nós dois e o futuro de trepadas e a vida vivida um para o outro na cama e pura.

Demos uma rápida; eu não gozei e só ficava falando do futuro em que haveria melhores fodas em camas e nós vivendo satisfeitos enquanto andávamos calmamente, atravessando a cidade de novo para a casa dela. Três quarteirões da rua 30 e Downing, ela me disse! Ela tinha feito exatamente como eu dissera e me amava e tão chateada de ter acreditado que o que eu aconselhara era o que tinha que ser feito. Sim, ela tinha *se casado* quando eu fui embora... com um marinheiro.

Que emoção quando cambaleava nos degraus da Igreja Negra dos Holy-Roller, vazia a essa hora – quase chorei. De qualquer modo, tive a relação mais estranha com ela – fora de órbita – nos próximos três ou quatro anos, sempre inesperada e *realmente* estranha. Tão fortes e genuínas as emoções que eu senti, nesses três ou quatro períodos distintos, separados e loucos demais, que nós tivemos e eu não sei distinguir entre eles e OLHA! Apesar disso, apesar disso, ela está aqui em S.F. e viva para mim e eu NUNCA vou ver ela de novo. Oh, Amor!

Quando eu entendi isso depois de semanas de espera, em *25* de outubro eu me voltei, uma vez mais, para Luanne. Lembra, Jack, eu não a via desde 31 de maio de 1949 às 5 da tarde. Então eu ia ligar para ela finalmente depois de 18 meses de conhecimento diário. Eu ia ligar para o número dela; eu sabia há semanas (pela lista telefônica de S.F.), disquei e ele tocou! Uma voz que eu sabia que era a dela disse "Alô". Eu gaguejei todos os meses, semanas, dias e horas desde que a tinha visto pela última vez e disse que achava que tinha o direito, por causa do passado, de mais uma vez ouvir a sua voz. "Sim, eu soubera que ela estava grávida de sete meses." "Sim, ela soubera que eu estava casado de novo." Então ela começou uma descrição detalhada de como era difícil ter o seu casamento confirmado na igreja católica porque eles não encontravam os papéis do seu batismo ou da crisma em Denver. Ela perguntou se devia confirmar o casamento dela. Eu disse a ela que sim. Perguntando por nós todos, ela fez o meu pau ficar duro, sentado ali pensando na sua boca e o que ela sabia fazer. Falei de Jeff; ela casualmente se esqueceu dele. Então ela perguntou se eu tinha telefonado antes; *alguém* estava sempre telefonando pra ela. Claro, eu pensei, ela pode com todos os caralhos que a empurrarem, e aí eu fiquei com o coração tão doido que deixei que ela implorasse por marcar um encontro comigo e então a perdi de novo, como fizera a última vez em 31 de maio de 1949.

O que mais eu posso dizer? Vou te contar. Preciso escrever um livro, sim senhor, antes que eu morra e antes de perder outra coisa, i.é. – a cabeça, o caralho, a boceta, etc...

Então, até que eu e você nos encontremos pra matar Nova York, batendo-nos contra ela até desmaiar, usando apenas os olhos e as mãos. Não quero mais nenhum absurdo caindo dos meus desastrosos lábios, mais nada. Eu sei o que é ter uma boceta para amar e chupar, uma que seja tão perfeita que você não resista levantar seu corpo cansado por cima dela para gastar todo o sentimento puro que você deixou dentro do buraco que mais importa. É claro que qualquer garota tem; só botar as minhas mãos numa e espalhar meus dedos sujos por todo o seu corpo pra conhecê-lo para sempre...

Amor,
N.

Carta para Jack Kerouac, fevereiro de 1951. (excerto)

Aqui vai uma rápida que eu chicoteei em algumas horas. Na verdade escrevi este pobre começo de alguma coisa no primeiro de janeiro, antes de vir para o leste para uma visita. Não me sinto mal por suas fracas qualidades, rabisquei-a rapidamente sem uma pausa.

Minha segunda viagem de Denver para Los Angeles não foi a luta faminta como foi a primeira. Eu estabeleci um modelo que usei nos outros anos sempre que caroneava para o sul, vindo da minha cidade, quer dizer, depois eu sempre saía da cidade de maneira como fiz dessa vez. A política era estar nos arredores ao sul de Denver na aurora e, não deixando a estrada nem por um instante, tentar chegar a Raton, no Novo México ao anoitecer. Numa deu errado. Parece que eu possuía a rara sorte de vencer essa distância de quase 250 milhas pegando caronas curtas que freqüentemente me levavam até dentro do Novo México no início da tarde. Em compensação, uma vez, no cruzamento de estradas de Raton – apesar da mão direita indo para o Texas e o sudeste e a esquerda para o sudoeste e a Califórnia –, alguns quarteirões além da ponte da ferrovia onde os cargueiros mais quentes começam a ganhar velocidade, não conseguia nunca pegar uma carona antes de esperar várias horas. Minha primeira viagem mudou seu estilo de transporte nesse ponto, quando à meia-noite, depois de poleguear carros por oito horas inteiras, peguei um desses doidos trens e continuei o balanço da jornada pelos trilhos. Uns dois anos depois eu esperaria 2 dias inteiros nesse ponto sem ser apanhado por um amável motorista. Agora, no entanto, eu tive a boa sorte de fazer conexão imediata com um dos raros carros que passavam. Me levou até Taos, e quando o larguei ainda não estava anoitecendo. Eu estava exultante; esse era o melhor tempo que eu já tinha feito e só escapar do Cia do Raton me deixava sem limites. Eu estava confiante; feliz.

Corria pelo acostamento de asfalto em estirões impetuosos, respirando fundo o ar puro da montanha, maravilhado com o vermelho-dourado brilhante do crepúsculo. Construções de adobe ao longo do caminho, uma em cada dez era um bar. Pra fora de suas portas abertas vinha música mexicana alta e o aroma de comida temperada. Índios bêbados, seus longos cabelos pretos presos por baixo de chapéus estranhos, usavam o centro da estrada como trilha para seguirem cambaleantes. Alguns cantarolavam para si mesmos, nenhum falava, e a maioria passava por mim em grave silêncio com os olhos frios. Adiante, meio acima de uma ladeira suave, eu vi um rancheiro branco sair de uma dessas tavernas e ir em direção a um caminhão pick-up; ele acabava uma garrafa de cerveja enquanto caminhava lentamente para a máquina. Eu me apressei para chegar a tempo de mendigar uma carona. Ele percebeu minha intenção antes d'eu chegar a abrir a boca, e me examinando por um segundo, disse, "Entra". Não me levou longe, mas logo peguei outra carona que me deixou dentro de Santa Fé, no meio da noite.

Eu vagueei pela cidade com uma fome daquelas – não comia desde aquela manhã; e nos meus bolsos tinha o suficiente para um bom rango. Sabendo da impossibilidade de um carro parar pra mim depois de anoitecer, eu aproveitei pra dar uma sacada no que podia dessa capital de estado enquanto caroneava sem direção através da cidade, e então me sentei num restaurante simpático para uma lauta refeição. Armei esse esquema pra estar de "pé na estrada" e preparado ainda um bom tempo antes do amanhecer, e então o segui à risca.

Lembro, quando passei pelo posto da Polícia Estadual dois patrulheiros severos saindo do interior bem iluminado, esmigalhando com suas botas brilhantes o cascalho da pista de entrada antes de se enfiarem no carro de rádio-patrulha, com movimentos automáticos de brutal eficiência. Esse relance de seus gestos duros e maxilares tensos, fechados tão fortemente contra o lábio superior, e seus rostos imóveis como aço, enfatizando o brilho de seus olhos impiedosos, mostrando o zelo com que desempenhavam seu dever, me fez estremecer, pensando na pouca chance que eles deixavam às suas presas. Deram a volta e foram embora, enquanto eu sentia compaixão por qualquer um que caísse nas suas redes. Eu bem conhecia suas táticas cruéis e não podia deixar de sentir um certo alívio por não estar entre os seus alvos essa noite. Passei por cafés abarrotados de turistas, garçons servindo os viajantes ricos, pratos mexicanos e americanos, atentos aos seus menores desejos, enquanto seus carros bacanas, estacionados obliquamente no meio-fio alto das ruas acidentadas, esperavam pacientes em quieto esplendor pra levá-los embora – fantasticamente bem acompanhados – quando lhes viesse a vontade de partir. A área do centro da cidade estava regurgitando com rios de humanidade, embora já fosse tarde, e acho que não era sábado à noite. O congestionamento ainda era agravado pela largura de beco que as ruas tinham (em torno de sete metros) e ao longo delas os carros se amontoando e buzinando exasperados. As calçadas transbordavam de gente; homens em trajes de cowboys ou outros, índios, solenes ou não; mexicanos tagarelando ou não, brancos bêbados ou não, garotas índias dentro de seus mocassins, mulheres índias dentro de sua gordura, garotas mexicanas em saias apertadas e andar provocante, velhas mexicanas em mais gordura e cobertas de crianças sem banho, mulheres brancas de todo gênero, garçonetes, cabeleireiras, herdeiras etc... e crianças, crianças em todos os lugares imagináveis, saltando e berrando, pulando entre os carros no meio da rua ou quietas e morosas, arrastando os pés com a cabeça olhando o chão. Por cima de toda essa massa de atividade jorravam as luzes. A maior invenção de Edison pendurada por cima das cabeças em estonteante profusão. Essas maravilhas dissipadoras da escuridão tinham todas as cores e tamanhos. Incontáveis, milhares de lâmpadas espremidas em uma milha quadrada exibiam um brilho tão chocante que mergulhavam os quarteirões da cidade em volta dali numa escuridão profunda. Iluminavam todas as paredes, brilhavam dos tetos, iluminavam toda fachada de loja, filas sobre filas de lâmpadas. Anúncios gigantes lançavam finos dedos de fogo de cima dos tetos dos edifícios. Enormes cartazes se debruçavam da fachada dos edifícios e atraiam o olhar para letras multicoloridas proclamando suas mensagens com raios elétricos. Longas filas de cartazes em círculo contínuo cobriam o segundo andar das lojas com suas escritas elaboradas. Alguns sozinhos espocavam da parede por cima de toda porta de loja iluminada. Outros menores, controlados por correntes individuais, piscavam de dentro dos edifícios. Os menorzinhos desapareciam nesse contínuo rio de luz que ajudava a iluminação das ruas a rivalizar com o sol. Debaixo da marquise de um teatro, ocupada em seu combate com a noite jorrando golfadas de estonteante luz em intervalos regulares, parei no meio do caminho, chocado com o tamanho da conta de luz dessa cidade pequena. A maior parte de seu excedente de gastos deve ser com eletricidade, pagando contas que eu não podia imaginar, pelo privilégio dessa louca luzerna. Se desligassem dois terços das luzes, o restante ainda ganharia de Time-Square com sua luz-do-dia artificial. Invejei os proprietários das companhias de energia que supriam Santa Fé.

Consegui meu jantar num restaurante superdecorado em estilo mexicano. Estiquei o segundo café até as três da manhã, e então saí em direção à auto-estrada. Sorte imensa... Sorte instantânea! Um Packard 1941 conversível cor creme (estávamos em 1942) freou até parar a uns trinta metros de mim. Corri e entrei ao lado de um homem sozinho. Ele estava indo (acredite nisso) para Los Angeles!! Que viagem! Nunca tive uma melhor. Ele corria a 120 por centenas de quilômetros, e então parava no acostamento e dormia algumas horas no banco da frente; eu ficava no banco de trás. Parávamos aqui e ali, onde a fantasia nos ditava: Grand Canyon, barracas de cerâmica próximas da estrada, etc. Ele pagou todas as refeições. Foi em todos os aspectos um verdadeiro sonho, menos pelo fato dele não sugerir que eu dirigisse, e eu não pedi para não o contrariar.

Aproximamo-nos de L.A. pelo sul, vindo pela auto-estrada 101. Chegamos em Venice, Califórnia (na verdade um parque se estendendo por 700km quadrados), e eu agradeci profusamente e saltei do carro a cinco quarteirões do lugar que eu viajara 2.000km para alcançar...

Coleção **L&PM** POCKET (LANÇAMENTOS MAIS RECENTES)

518. **Piratas do Tietê (1)** – Laerte
519. **Rê Bordosa: do começo ao fim** – Angeli
520. **O Harlem é escuro** – Chester Himes
521. **Café-da-manhã dos campeões** – Kurt Vonnegut
522. **Eugénie Grandet** – Balzac
523. **O último magnata** – F. Scott Fitzgerald
524. **Carol** – Patricia Highsmith
525. **100 receitas de patisseria** – Silvio Lancellotti
526. **O fator humano** – Graham Greene
527. **Tristessa** – Jack Kerouac
528. **O diamante do tamanho do Ritz** – F. Scott Fitzgerald
529. **As melhores histórias de Sherlock Holmes** – Arthur Conan Doyle
530. **Cartas a um jovem poeta** – Rilke
531. (20). **Memórias de Maigret** – Simenon
532. (4). **O misterioso sr. Quin** – Agatha Christie
533. **Os analectos** – Confúcio
534. (21). **Maigret e os homens de bem** – Simenon
535. (22). **O medo de Maigret** – Simenon
536. **Ascensão e queda de César Birotteau** – Balzac
537. **Sexta-feira negra** – David Goodis
538. **Ora bolas – O humor de Mario Quintana** – Juarez Fonseca
539. **Longe daqui aqui mesmo** – Antonio Bivar
540. (5). **É fácil matar** – Agatha Christie
541. **O pai Goriot** – Balzac
542. **Brasil, um país do futuro** – Stefan Zweig
543. **O processo** – Kafka
544. **O melhor de Hagar 4** – Dik Browne
545. (6). **Por que não pediram a Evans?** – Agatha Christie
546. **Fanny Hill** – John Cleland
547. **O gato por dentro** – William S. Burroughs
548. **Sobre a brevidade da vida** – Sêneca
549. **Geraldão (1)** – Glauco
550. **Piratas do Tietê (2)** – Laerte
551. **Pagando o pato** – Ciça
552. **Garfield de bom humor (6)** – Jim Davis
553. **Conhece o Mário?** vol.1 – Santiago
554. **Radicci 6** – Iotti
555. **Os subterrâneos** – Jack Kerouac
556. (1). **Balzac** – François Taillandier
557. (2). **Modigliani** – Christian Parisot
558. (3). **Kafka** – Gérard-Georges Lemaire
559. (4). **Júlio César** – Joël Schmidt
560. **Receitas da família** – J. A. Pinheiro Machado
561. **Boas maneiras à mesa** – Celia Ribeiro
562. (9). **Filhos sadios, pais felizes** – R. Pagnoncelli
563. (10). **Fatos & mitos** – Dr. Fernando Lucchese
564. **Ménage à trois** – Paula Taitelbaum
565. **Mulheres!** – David Coimbra
566. **Poemas de Álvaro de Campos** – Fernando Pessoa
567. **Medo e outras histórias** – Stefan Zweig
568. **Snoopy e sua turma (1)** – Schulz
569. **Piadas para sempre (1)** – Visconde da Casa Verde
570. **O alvo móvel** – Ross Macdonald
571. **O melhor do Recruta Zero (2)** – Mort Walker
572. **Um sonho americano** – Norman Mailer
573. **Os broncos também amam** – Angeli
574. **Crônica de um amor louco** – Bukowski
575. (5). **Freud** – René Major e Chantal Talagrand
576. (6). **Picasso** – Gilles Plazy
577. (7). **Gandhi** – Christine Jordis
578. **A tumba** – H. P. Lovecraft
579. **O príncipe e o mendigo** – Mark Twain
580. **Garfield, um charme de gato (7)** – Jim Davis
581. **Ilusões perdidas** – Balzac
582. **Esplendores e misérias das cortesãs** – Balzac
583. **Walter Ego** – Angeli
584. **Striptiras (1)** – Laerte
585. **Fagundes: um puxa-saco de mão cheia** – Laerte
586. **Depois do último trem** – Josué Guimarães
587. **Ricardo III** – Shakespeare
588. **Dona Anja** – Josué Guimarães
589. **24 horas na vida de uma mulher** – Stefan Zweig
590. **O terceiro homem** – Graham Greene
591. **Mulher no escuro** – Dashiell Hammett
592. **No que acredito** – Bertrand Russell
593. **Odisséia (1): Telemaquia** – Homero
594. **O cavalo cego** – Josué Guimarães
595. **Henrique V** – Shakespeare
596. **Fabulário geral do delírio cotidiano** – Bukowski
597. **Tiros na noite 1: A mulher do bandido** – Dashiell Hammett
598. **Snoopy em Feliz Dia dos Namorados! (2)** – Schulz
599. **Mas não se matam cavalos?** – Horace McCoy
600. **Crime e castigo** – Dostoiévski
601. (7). **Mistério no Caribe** – Agatha Christie
602. **Odisséia (2): Regresso** – Homero
603. **Piadas para sempre (2)** – Visconde da Casa Verde
604. **À sombra do vulcão** – Malcolm Lowry
605. (8). **Kerouac** – Yves Buin
606. **E agora são cinzas** – Angeli
607. **As mil e uma noites** – Paulo Caruso
608. **Um assassino entre nós** – Ruth Rendell
609. **Crack-up** – F. Scott Fitzgerald
610. **Do amor** – Stendhal
611. **Cartas do Yage** – William Burroughs e Allen Ginsberg
612. **Striptiras (2)** – Laerte
613. **Henry & June** – Anaïs Nin
614. **A piscina mortal** – Ross Macdonald
615. **Geraldão (2)** – Glauco
616. **Tempo de delicadeza** – A. R. de Sant'Anna
617. **Tiros na noite 2: Medo de tiro** – Dashiell Hammett
618. **Snoopy em Assim é a vida, Charlie Brown! (3)** – Schulz
619. **1954 – Um tiro no coração** – Hélio Silva
620. **Sobre a inspiração poética (Íon)** e ... – Platão
621. **Garfield e seus amigos (8)** – Jim Davis
622. **Odisséia (3): Ítaca** – Homero
623. **A louca matança** – Chester Himes
624. **Factótum** – Bukowski
625. **Guerra e Paz: volume 1** – Tolstói

626. **Guerra e Paz: volume 2** – Tolstói
627. **Guerra e Paz: volume 3** – Tolstói
628. **Guerra e Paz: volume 4** – Tolstói
629(9). **Shakespeare** – Claude Mourthé
630. **Bem está o que bem acaba** – Shakespeare
631. **O contrato social** – Rousseau
632. **Geração Beat** – Jack Kerouac
633. **Snoopy: É Natal! (4)** – Charles Schulz
634(8). **Testemunha da acusação** – Agatha Christie
635. **Um elefante no caos** – Millôr Fernandes
636. **Guia de leitura (100 autores que você precisa ler)** – Organização de Léa Masina
637. **Pistoleiros também mandam flores** – David Coimbra
638. **O prazer das palavras** – vol. 1 – Cláudio Moreno
639. **O prazer das palavras** – vol. 2 – Cláudio Moreno
640. **Novíssimo testamento: com Deus e o diabo, a dupla da criação** – Iotti
641. **Literatura Brasileira: modos de usar** – Luís Augusto Fischer
642. **Dicionário de Porto-Alegrês** – Luís A. Fischer
643. **Clô Dias & Noites** – Sérgio Jockymann
644. **Memorial de Isla Negra** – Pablo Neruda
645. **Um homem extraordinário e outras histórias** – Tchékhov
646. **Ana sem terra** – Alcy Cheuiche
647. **Adultérios** – Woody Allen
648. **Para sempre ou nunca mais** – R. Chandler
649. **Nosso homem em Havana** – Graham Greene
650. **Dicionário Caldas Aulete de Bolso**
651. **Snoopy: Posso fazer uma pergunta, professora? (5)** – Charles Schulz
652(10). **Luís XVI** – Bernard Vincent
653. **O mercador de Veneza** – Shakespeare
654. **Cancioneiro** – Fernando Pessoa
655. **Non-Stop** – Martha Medeiros
656. **Carpinteiros, levantem bem alto a cumeeira & Seymour, uma apresentação** – J.D.Salinger
657. **Ensaios críticos** – Bertrand Russell
658. **O melhor de Hagar 5** – Dik e Chris Browne
659. **Primeiro amor** – Ivan Turguêniev
660. **A trégua** – Mario Benedetti
661. **Um parque de diversões da cabeça** – Lawrence Ferlinghetti
662. **Aprendendo a viver** – Sêneca
663. **Garfield, um gato em apuros (9)** – Jim Davis
664. **Dilbert (1)** – Scott Adams
665. **Dicionário de dificuldades** – Domingos Paschoal Cegalla
666. **A imaginação** – Jean-Paul Sartre
667. **O ladrão e os cães** – Naguib Mahfuz
668. **Gramática do português contemporâneo** – Celso Cunha
669. **A volta do parafuso** seguido de **Daisy Miller** – Henry James
670. **Notas do subsolo** – Dostoiévski
671. **Abobrinhas da Brasilônia** – Glauco
672. **Geraldão (3)** – Glauco
673. **Piadas para sempre (3)** – Visconde da Casa Verde
674. **Duas viagens ao Brasil** – Hans Staden
675. **Bandeira de bolso** – Manuel Bandeira
676. **A arte da guerra** – Maquiavel
677. **Além do bem e do mal** – Nietzsche
678. **O coronel Chabert** seguido de **A mulher abandonada** – Balzac
679. **O sorriso de marfim** – Ross Macdonald
680. **100 receitas de pescados** – Sílvio Lancellotti
681. **O juiz e seu carrasco** – Friedrich Dürrenmatt
682. **Noites brancas** – Dostoiévski
683. **Quadras ao gosto popular** – Fernando Pessoa
684. **Romanceiro da Inconfidência** – Cecília Meireles
685. **Kaos** – Millôr Fernandes
686. **A pele de onagro** – Balzac
687. **As ligações perigosas** – Choderlos de Laclos
688. **Dicionário de matemática** – Luiz Fernandes Cardoso
689. **Os Lusíadas** – Luís Vaz de Camões
690(11). **Átila** – Éric Deschodt
691. **Um jeito tranquilo de matar** – Chester Himes
692. **A felicidade conjugal** seguido de **O diabo** – Tolstói
693. **Viagem de um naturalista ao redor do mundo** – vol. 1 – Charles Darwin
694. **Viagem de um naturalista ao redor do mundo** – vol. 2 – Charles Darwin
695. **Memórias da casa dos mortos** – Dostoiévski
696. **A Celestina** – Fernando de Rojas
697. **Snoopy: Como você é azarado, Charlie Brown! (6)** – Charles Schulz
698. **Dez (quase) amores** – Claudia Tajes
699(9). **Poirot sempre espera** – Agatha Christie
700. **Cecília de bolso** – Cecília Meireles
701. **Apologia de Sócrates** precedido de **Êutifron** e seguido de **Críton** – Platão
702. **Wood & Stock** – Angeli
703. **Striptiras (3)** – Laerte
704. **Discurso sobre a origem e os fundamentos da desigualdade entre os homens** – Rousseau
705. **Os duelistas** – Joseph Conrad
706. **Dilbert (2)** – Scott Adams
707. **Viver e escrever** (vol. 1) – Edla van Steen
708. **Viver e escrever** (vol. 2) – Edla van Steen
709. **Viver e escrever** (vol. 3) – Edla van Steen
710(10). **A teia da aranha** – Agatha Christie
711. **O banquete** – Platão
712. **Os belos e malditos** – F. Scott Fitzgerald
713. **Libelo contra a arte moderna** – Salvador Dalí
714. **Akropolis** – Valerio Massimo Manfredi
715. **Devoradores de mortos** – Michael Crichton
716. **Sob o sol da Toscana** – Frances Mayes
717. **Batom na cueca** – Nani
718. **Vida dura** – Claudia Tajes
719. **Carne trêmula** – Ruth Rendell
720. **Cris, a fera** – David Coimbra
721. **O anticristo** – Nietzsche
722. **Como um romance** – Daniel Pennac
723. **Emboscada no Forte Bragg** – Tom Wolfe
724. **Assédio sexual** – Michael Crichton
725. **O espírito do Zen** – Alan W.Watts
726. **Um bonde chamado desejo** – Tennessee Williams
727. **Como gostais** seguido de **Conto de inverno** – Shakespeare
728. **Tratado sobre a tolerância** – Voltaire
729. **Snoopy: Doces ou travessuras? (7)** – Charles Schulz
730. **Cardápios do Anonymus Gourmet** – J.A. Pinheiro Machado
731. **100 receitas com lata** – J.A. Pinheiro Machado
732. **Conhece o Mário?** vol.2 – Santiago

733. Dilbert (3) – Scott Adams
734. História de um louco amor *seguido de* Passado amor – Horacio Quiroga
735. (11). Sexo: muito prazer – Laura Meyer da Silva
736. (12). Para entender o adolescente – Dr. Ronald Pagnoncelli
737. (13). Desembarcando a tristeza – Dr. Fernando Lucchese
738. Poirot e o mistério da arca espanhola & outras histórias – Agatha Christie
739. A última legião – Valerio Massimo Manfredi
740. As virgens suicidas – Jeffrey Eugenides
741. Sol nascente – Michael Crichton
742. Duzentos ladrões – Dalton Trevisan
743. Os devaneios do caminhante solitário – Rousseau
744. Garfield, o rei da preguiça (10) – Jim Davis
745. Os magnatas – Charles R. Morris
746. Pulp – Charles Bukowski
747. Enquanto agonizo – William Faulkner
748. Aline: viciada em sexo (3) – Adão Iturrusgarai
749. A dama do cachorrinho – Anton Tchékhov
750. Tito Andrônico – Shakespeare
751. Antologia poética – Anna Akhmátova
752. O melhor de Hagar 6 – Dik e Chris Browne
753. (12). Michelangelo – Nadine Sautel
754. Dilbert (4) – Scott Adams
755. O jardim das cerejeiras *seguido de* Tio Vânia – Tchékhov
756. Geração Beat – Claudio Willer
757. Santos Dumont – Alcy Cheuiche
758. Budismo – Claude B. Levenson
759. Cleópatra – Christian-Georges Schwentzel
760. Revolução Francesa – Frédéric Bluche, Stéphane Rials e Jean Tulard
761. A crise de 1929 – Bernard Gazier
762. Sigmund Freud – Edson Sousa e Paulo Endo
763. Império Romano – Patrick Le Roux
764. Cruzadas – Cécile Morrisson
765. O mistério do Trem Azul – Agatha Christie
766. Os escrúpulos de Maigret – Simenon
767. Maigret se diverte – Simenon
768. Senso comum – Thomas Paine
769. O parque dos dinossauros – Michael Crichton
770. Trilogia da paixão – Goethe
771. A simples arte de matar (vol.1) – R. Chandler
772. A simples arte de matar (vol.2) – R. Chandler
773. Snoopy: No mundo da lua! (8) – Charles Schulz
774. Os Quatro Grandes – Agatha Christie
775. Um brinde de cianureto – Agatha Christie
776. Súplicas atendidas – Truman Capote
777. Ainda restam aveleiras – Simenon
778. Maigret e o ladrão preguiçoso – Simenon
779. A viúva imortal – Millôr Fernandes
780. Cabala – Roland Goetschel
781. Capitalismo – Claude Jessua
782. Mitologia grega – Pierre Grimal
783. Economia: 100 palavras-chave – Jean-Paul Betbèze
784. Marxismo – Henri Lefebvre
785. Punição para a inocência – Agatha Christie
786. A extravagância do morto – Agatha Christie
787. (13). Cézanne – Bernard Fauconnier
788. A identidade Bourne – Robert Ludlum
789. Da tranquilidade da alma – Sêneca
790. Um artista da fome *seguido de* Na colônia penal e outras histórias – Kafka
791. Histórias de fantasmas – Charles Dickens
792. A louca de Maigret – Simenon
793. O amigo de infância de Maigret – Simenon
794. O revólver de Maigret – Simenon
795. A fuga do sr. Monde – Simenon
796. O Uraguai – Basílio da Gama
797. A mão misteriosa – Agatha Christie
798. Testemunha ocular do crime – Agatha Christie
799. Crepúsculo dos ídolos – Friedrich Nietzsche
800. Maigret e o negociante de vinhos – Simemon
801. Maigret e o mendigo – Simenon
802. O grande golpe – Dashiell Hammett
803. Humor barra pesada – Nani
804. Vinho – Jean-François Gautier
805. Egito Antigo – Sophie Desplancques
806. (14). Baudelaire – Jean-Baptiste Baronian
807. Caminho da sabedoria, caminho da paz – Dalai Lama e Felizitas von Schönborn
808. Senhor e servo e outras histórias – Tolstói
809. Os cadernos de Malte Laurids Brigge – Rilke
810. Dilbert (5) – Scott Adams
811. Big Sur – Jack Kerouac
812. Seguindo a correnteza – Agatha Christie
813. O álibi – Sandra Brown
814. Montanha-russa – Martha Medeiros
815. Coisas da vida – Martha Medeiros
816. A cantada infalível *seguido de* A mulher do centroavante – David Coimbra
817. Maigret e os crimes do cais – Simenon
818. Sinal vermelho – Simenon
819. Snoopy: Pausa para a soneca (9) – Charles Schulz
820. De pernas pro ar – Eduardo Galeano
821. Tragédias gregas – Pascal Thiercy
822. Existencialismo – Jacques Colette
823. Nietzsche – Jean Granier
824. Amar ou depender? – Walter Riso
825. Darmapada: A doutrina budista em versos
826. J'Accuse...! – a verdade em marcha – Zola
827. Os crimes ABC – Agatha Christie
828. Um gato entre os pombos – Agatha Christie
829. Maigret e o sumiço do sr. Charles – Simenon
830. Maigret e a morte do jogador – Simenon
831. Dicionário de teatro – Luiz Paulo Vasconcellos
832. Cartas extraviadas – Martha Medeiros
833. A longa viagem de prazer – J. J. Morosoli
834. Receitas fáceis – J. A. Pinheiro Machado
835. (14). Mais fatos & mitos – Dr. Fernando Lucchese
836. (15). Boa viagem! – Dr. Fernando Lucchese
837. Aline: Finalmente nua!!! (4) – Adão Iturrusgarai
838. Mônica tem uma novidade! – Mauricio de Sousa
839. Cebolinha em apuros! – Mauricio de Sousa
840. Sócios no crime – Agatha Christie
841. Bocas do tempo – Eduardo Galeano
842. Orgulho e preconceito – Jane Austen
843. Impressionismo – Dominique Lobstein
844. Escrita chinesa – Viviane Alleton
845. Paris: uma história – Yvan Combeau
846. (15). Van Gogh – David Haziot
847. Maigret e o corpo sem cabeça – Simenon
848. Portal do destino – Agatha Christie
849. O futuro de uma ilusão – Freud
850. O mal-estar na cultura – Freud

851. Maigret e o matador – Simenon
852. Maigret e o fantasma – Simenon
853. Um crime adormecido – Agatha Christie
854. Satori em Paris – Jack Kerouac
855. Medo e delírio em Las Vegas – Hunter Thompson
856. Um negócio fracassado e outros contos de humor – Tchékhov
857. Mônica está de férias! – Mauricio de Sousa
858. De quem é esse coelho? – Mauricio de Sousa
859. O burgomestre de Furnes – Simenon
860. O mistério Sittaford – Agatha Christie
861. Manhã transfigurada – L. A. de Assis Brasil
862. Alexandre, o Grande – Pierre Briant
863. Jesus – Charles Perrot
864. Islã – Paul Balta
865. Guerra da Secessão – Farid Ameur
866. Um rio que vem da Grécia – Cláudio Moreno
867. Maigret e os colegas americanos – Simenon
868. Assassinato na casa do pastor – Agatha Christie
869. Manual do líder – Napoleão Bonaparte
870(16). Billie Holiday – Sylvia Fol
871. Bidu arrasando! – Mauricio de Sousa
872. Desventuras em família – Mauricio de Sousa
873. Liberty Bar – Simenon
874. E no final a morte – Agatha Christie
875. Guia prático do Português correto – vol. 4 – Cláudio Moreno
876. Dilbert (6) – Scott Adams
877(17). Leonardo da Vinci – Sophie Chauveau
878. Bella Toscana – Frances Mayes
879. A arte da ficção – David Lodge
880. Striptiras (4) – Laerte
881. Skrotinhos – Angeli
882. Depois do funeral – Agatha Christie
883. Radicci 7 – Iotti
884. Walden – H. D. Thoreau
885. Lincoln – Allen C. Guelzo
886. Primeira Guerra Mundial – Michael Howard
887. A linha de sombra – Joseph Conrad
888. O amor é um cão dos diabos – Bukowski
889. Maigret sai em viagem – Simenon
890. Despertar: uma vida de Buda – Jack Kerouac
891(18). Albert Einstein – Laurent Seksik
892. Hell's Angels – Hunter Thompson
893. Ausência na primavera – Agatha Christie
894. Dilbert (7) – Scott Adams
895. Ao sul de lugar nenhum – Bukowski
896. Maquiavel – Quentin Skinner
897. Sócrates – C.C.W. Taylor
898. A casa do canal – Simenon
899. O Natal de Poirot – Agatha Christie
900. As veias abertas da América Latina – Eduardo Galeano
901. Snoopy: Sempre alerta! (10) – Charles Schulz
902. Chico Bento: Plantando confusão – Mauricio de Sousa
903. Penadinho: Quem é morto sempre aparece – Mauricio de Sousa
904. A vida sexual da mulher feia – Claudia Tajes
905. 100 segredos de liquidificador – José Antonio Pinheiro Machado
906. Sexo muito prazer 2 – Laura Meyer da Silva
907. Os nascimentos – Eduardo Galeano
908. As caras e as máscaras – Eduardo Galeano
909. O século do vento – Eduardo Galeano
910. Poirot perde uma cliente – Agatha Christie
911. Cérebro – Michael O'Shea
912. O escaravelho de ouro e outras histórias – Edgar Allan Poe
913. Piadas para sempre (4) – Visconde da Casa Verde
914. 100 receitas de massas light – Helena Tonetto
915(19). Oscar Wilde – Daniel Salvatore Schiffer
916. Uma breve história do mundo – H. G. Wells
917. A Casa do Penhasco – Agatha Christie
918. Maigret e o finado sr. Gallet – Simenon
919. John M. Keynes – Bernard Gazier
920(20). Virginia Woolf – Alexandra Lemasson
921. Peter e Wendy seguido de Peter Pan em Kensington Gardens – J. M. Barrie
922. Aline: numas de colegial (5) – Adão Iturrusgarai
923. Uma dose mortal – Agatha Christie
924. Os trabalhos de Hércules – Agatha Christie
925. Maigret na escola – Simenon
926. Kant – Roger Scruton
927. A inocência do Padre Brown – G.K. Chesterton
928. Casa Velha – Machado de Assis
929. Marcas de nascença – Nancy Huston
930. Aulete de bolso
931. Hora Zero – Agatha Christie
932. Morte na Mesopotâmia – Agatha Christie
933. Um crime na Holanda – Simenon
934. Nem te conto, João – Dalton Trevisan
935. As aventuras de Huckleberry Finn – Mark Twain
936(21). Marilyn Monroe – Anne Plantagenet
937. China moderna – Rana Mitter
938. Dinossauros – David Norman
939. Louca por homem – Claudia Tajes
940. Amores de alto risco – Walter Riso
941. Jogo de damas – David Coimbra
942. Filha é filha – Agatha Christie
943. M ou N? – Agatha Christie
944. Maigret se defende – Simenon
945. Bidu: diversão em dobro! – Mauricio de Sousa
946. Fogo – Anaïs Nin
947. Rum: diário de um jornalista bêbado – Hunter Thompson
948. Persuasão – Jane Austen
949. Lágrimas na chuva – Sergio Faraco
950. Mulheres – Bukowski
951. Um pressentimento funesto – Agatha Christie
952. Cartas na mesa – Agatha Christie
953. Maigret em Vichy – Simenon
954. O lobo do mar – Jack London
955. Os gatos – Patricia Highsmith
956(22). Jesus – Christiane Rancé
957. História da medicina – William Bynum
958. O Morro dos Ventos Uivantes – Emily Brontë
959. A filosofia na era trágica dos gregos – Nietzsche
960. Os treze problemas – Agatha Christie
961. A massagista japonesa – Moacyr Scliar
962. A taberna dos dois tostões – Simenon
963. Humor do miserê – Nani
964. Todo o mundo tem dúvida, inclusive você – Édison de Oliveira
965. A dama do Bar Nevada – Sergio Faraco
966. O Smurf Repórter – Peyo
967. O Bebê Smurf – Peyo
968. Maigret e os flamengos – Simenon

969. **O psicopata americano** – Bret Easton Ellis
970. **Ensaios de amor** – Alain de Botton
971. **O grande Gatsby** – F. Scott Fitzgerald
972. **Por que não sou cristão** – Bertrand Russell
973. **A Casa Torta** – Agatha Christie
974. **Encontro com a morte** – Agatha Christie
975. (23).**Rimbaud** – Jean-Baptiste Baronian
976. **Cartas na rua** – Bukowski
977. **Memória** – Jonathan K. Foster
978. **A abadia de Northanger** – Jane Austen
979. **As pernas de Úrsula** – Claudia Tajes
980. **Retrato inacabado** – Agatha Christie
981. **Solanin (1)** – Inio Asano
982. **Solanin (2)** – Inio Asano
983. **Aventuras de menino** – Mitsuru Adachi
984. (16).**Fatos & mitos sobre sua alimentação** – Dr. Fernando Lucchese
985. **Teoria quântica** – John Polkinghorne
986. **O eterno marido** – Fiódor Dostoiévski
987. **Um safado em Dublin** – J. P. Donleavy
988. **Mirinha** – Dalton Trevisan
989. **Akhenaton e Nefertiti** – Carmen Seganfredo e A. S. Franchini
990. **On the Road – o manuscrito original** – Jack Kerouac
991. **Relatividade** – Russell Stannard
992. **Abaixo de zero** – Bret Easton Ellis
993. (24).**Andy Warhol** – Mériam Korichi
994. **Maigret** – Simenon
995. **Os últimos casos de Miss Marple** – Agatha Christie
996. **Nico Demo** – Mauricio de Sousa
997. **Maigret e a mulher do ladrão** – Simenon
998. **Rousseau** – Robert Wokler
999. **Noite sem fim** – Agatha Christie
1000. **Diários de Andy Warhol (1)** – Editado por Pat Hackett
1001. **Diários de Andy Warhol (2)** – Editado por Pat Hackett
1002. **Cartier-Bresson: o olhar do século** – Pierre Assouline
1003. **As melhores histórias da mitologia: vol. 1** – A.S. Franchini e Carmen Seganfredo
1004. **As melhores histórias da mitologia: vol. 2** – A.S. Franchini e Carmen Seganfredo
1005. **Assassinato no beco** – Agatha Christie
1006. **Convite para um homicídio** – Agatha Christie
1007. **Um fracasso de Maigret** – Simenon
1008. **História da vida** – Michael J. Benton
1009. **Jung** – Anthony Stevens
1010. **Arsène Lupin, ladrão de casaca** – Maurice Leblanc
1011. **Dublinenses** – James Joyce
1012. **120 tirinhas da Turma da Mônica** – Mauricio de Sousa
1013. **Antologia poética** – Fernando Pessoa
1014. **A aventura de um cliente ilustre** *seguido de* **O último adeus de Sherlock Holmes** – Sir Arthur Conan Doyle
1015. **Cenas de Nova York** – Jack Kerouac
1016. **A corista** – Anton Tchékhov
1017. **O diabo** – Leon Tolstói
1018. **Fábulas chinesas** – Sérgio Capparelli e Márcia Schmaltz
1019. **O gato do Brasil** – Sir Arthur Conan Doyle
1020. **Missa do Galo** – Machado de Assis
1021. **O mistério de Marie Rogêt** – Edgar Allan Poe
1022. **A mulher mais linda da cidade** – Bukowski
1023. **O retrato** – Nicolai Gogol
1024. **O conflito** – Agatha Christie
1025. **Os primeiros casos de Poirot** – Agatha Christie
1026. **Maigret e o cliente de sábado** – Simenon
1027. (25).**Beethoven** – Bernard Fauconnier
1028. **Platão** – Julia Annas
1029. **Cleo e Daniel** – Roberto Freire
1030. **Til** – José de Alencar
1031. **Viagens na minha terra** – Almeida Garrett
1032. **Profissões para mulheres e outros artigos feministas** – Virginia Woolf
1033. **Mrs. Dalloway** – Virginia Woolf
1034. **O cão da morte** – Agatha Christie
1035. **Tragédia em três atos** – Agatha Christie
1036. **Maigret hesita** – Simenon
1037. **O fantasma da Ópera** – Gaston Leroux
1038. **Evolução** – Brian e Deborah Charlesworth
1039. **Medida por medida** – Shakespeare
1040. **Razão e sentimento** – Jane Austen
1041. **A obra-prima ignorada** *seguido de* **Um episódio durante o Terror** – Balzac
1042. **A fugitiva** – Anaïs Nin
1043. **As grandes histórias da mitologia greco-romana** – A. S. Franchini
1044. **O corno de si mesmo & outras historietas** – Marquês de Sade
1045. **Da felicidade** *seguido de* **Da vida retirada** – Sêneca
1046. **O horror em Red Hook e outras histórias** – H. P. Lovecraft
1047. **Noite em claro** – Martha Medeiros
1048. **Poemas clássicos chineses** – Li Bai, Du Fu e Wang Wei
1049. **A terceira moça** – Agatha Christie
1050. **Um destino ignorado** – Agatha Christie
1051. (26).**Buda** – Sophie Royer
1052. **Guerra Fria** – Robert J. McMahon
1053. **Simons's Cat: as aventuras de um gato travesso e comilão – vol. 1** – Simon Tofield
1054. **Simons's Cat: as aventuras de um gato travesso e comilão – vol. 2** – Simon Tofield
1055. **Só as mulheres e as baratas sobreviverão** – Claudia Tajes
1056. **Maigret e o ministro** – Simenon
1057. **Pré-história** – Chris Gosden
1058. **Pintou sujeira!** – Mauricio de Sousa
1059. **Contos de Mamãe Gansa** – Charles Perrault
1060. **A interpretação dos sonhos: vol. 1** – Freud
1061. **A interpretação dos sonhos: vol. 2** – Freud
1062. **Frufru Rataplã Dolores** – Dalton Trevisan
1063. **As melhores histórias da mitologia egípcia** – Carmem Seganfredo e A.S. Franchini
1064. **Infância. Adolescência. Juventude** – Tolstói
1065. **As consolações da filosofia** – Alain de Botton
1066. **Diários de Jack Kerouac – 1947-1954**
1067. **Revolução Francesa – vol. 1** – Max Gallo
1068. **Revolução Francesa – vol. 2** – Max Gallo
1069. **O detetive Parker Pyne** – Agatha Christie
1070. **Memórias do esquecimento** – Flávio Tavares
1071. **Drogas** – Leslie Iversen
1072. **Manual de ecologia (vol.2)** – J. Lutzenberger
1073. **Como andar no labirinto** – Affonso Romano de Sant'Anna

1074. A orquídea e o serial killer – Juremir Machado da Silva
1075. Amor nos tempos de fúria – Lawrence Ferlinghetti
1076. A aventura do pudim de Natal – Agatha Christie
1077. Maigret no Picratt's – Simenon
1078. Amores que matam – Patricia Faur
1079. Histórias de pescador – Mauricio de Sousa
1080. Pedaços de um caderno manchado de vinho – Bukowski
1081. A ferro e fogo: tempo de solidão (vol.1) – Josué Guimarães
1082. A ferro e fogo: tempo de guerra (vol.2) – Josué Guimarães
1083. Carta a meu juiz – Simenon
1084. (17). Desembarcando o Alzheimer – Dr. Fernando Lucchese e Dra. Ana Hartmann
1085. A maldição do espelho – Agatha Christie
1086. Uma breve história da filosofia – Nigel Warburton
1087. Uma confidência de Maigret – Simenon
1088. Heróis da História – Will Durant
1089. Concerto campestre – L. A. de Assis Brasil
1090. Morte nas nuvens – Agatha Christie
1091. Maigret no tribunal – Simenon
1092. Aventura em Bagdá – Agatha Christie
1093. O cavalo amarelo – Agatha Christie
1094. O método de interpretação dos sonhos – Freud
1095. Sonetos de amor e desamor – Vários
1096. 120 tirinhas do Dilbert – Scott Adams
1097. 124 fábulas de Esopo
1098. O curioso caso de Benjamin Button – F. Scott Fitzgerald
1099. Piadas para sempre: uma antologia para morrer de rir – Visconde da Casa Verde
1100. Hamlet (Mangá) – Shakespeare
1101. A arte da guerra (Mangá) – Sun Tzu
1102. Maigret na pensão – Simenon
1103. Meu amigo Maigret – Simenon
1104. As melhores histórias da Bíblia (vol.1) – A. S. Franchini e Carmen Seganfredo
1105. As melhores histórias da Bíblia (vol.2) – A. S. Franchini e Carmen Seganfredo
1106. Psicologia das massas e análise do eu – Freud
1107. Guerra Civil Espanhola – Helen Graham
1108. A autoestrada do sul e outras histórias – Julio Cortázar
1109. O mistério dos sete relógios – Agatha Christie
1110. Peanuts: Ninguém gosta de mim... (amor) – Charles Schulz
1111. Cadê o bolo? – Mauricio de Sousa
1112. O filósofo ignorante – Voltaire
1113. Totem e tabu – Freud
1114. Filosofia pré-socrática – Catherine Osborne
1115. Desejo de status – Alain de Botton
1116. Maigret e o informante – Simenon
1117. Peanuts: 120 tirinhas – Charles Schulz
1118. Passageiro para Frankfurt – Agatha Christie
1119. Maigret se irrita – Simenon
1120. Kill All Enemies – Melvin Burgess
1121. A morte da sra. McGinty – Agatha Christie
1122. Revolução Russa – S. A. Smith
1123. Até você, Capitu? – Dalton Trevisan
1124. O grande Gatsby (Mangá) – F. S. Fitzgerald
1125. Assim falou Zaratustra (Mangá) – Nietzsche
1126. Peanuts: É para isso que servem os amigos (amizade) – Charles Schulz
1127. (27). Nietzsche – Dorian Astor
1128. Bidu: Hora do banho – Mauricio de Sousa
1129. O melhor do Macanudo Taurino – Santiago
1130. Radicci 30 anos – Iotti
1131. Show de sabores – J.A. Pinheiro Machado
1132. O prazer das palavras – vol. 3 – Cláudio Moreno
1133. Morte na praia – Agatha Christie
1134. O fardo – Agatha Christie
1135. Manifesto do Partido Comunista (Mangá) – Marx & Engels
1136. A metamorfose (Mangá) – Franz Kafka
1137. Por que você não se casou... ainda – Tracy McMillan
1138. Textos autobiográficos – Bukowski
1139. A importância de ser prudente – Oscar Wilde
1140. Sobre a vontade na natureza – Arthur Schopenhauer
1141. Dilbert (8) – Scott Adams
1142. Entre dois amores – Agatha Christie
1143. Cipreste triste – Agatha Christie
1144. Alguém viu uma assombração? – Mauricio de Sousa
1145. Mandela – Elleke Boehmer
1146. Retrato do artista quando jovem – James Joyce
1147. Zadig ou o destino – Voltaire
1148. O contrato social (Mangá) – J.-J. Rousseau
1149. Garfield fenomenal – Jim Davis
1150. A queda da América – Allen Ginsberg
1151. Música na noite & outros ensaios – Aldous Huxley
1152. Poesias inéditas & Poemas dramáticos – Fernando Pessoa
1153. Peanuts: Felicidade é... – Charles M. Schulz
1154. Mate-me por favor – Legs McNeil e Gillian McCain
1155. Assassinato no Expresso Oriente – Agatha Christie
1156. Um punhado de centeio – Agatha Christie
1157. A interpretação dos sonhos (Mangá) – Freud
1158. .Peanuts: Você não entende o sentido da vida – Charles M. Schulz
1159. A dinastia Rothschild – Herbert R. Lottman
1160. A Mansão Hollow – Agatha Christie
1161. Nas montanhas da loucura – H.P. Lovecraft
1162. (28). Napoleão Bonaparte – Pascale Fautrier
1163. Um corpo na biblioteca – Agatha Christie
1164. Inovação – Mark Dodgson e David Gann
1165. O que toda mulher deve saber sobre os homens: a afetividade masculina – Walter Riso
1166. O amor está no ar – Mauricio de Sousa
1167. Testemunha de acusação & outras histórias – Agatha Christie
1168. Etiqueta de bolso – Celia Ribeiro
1169. Poesia reunida (volume 3) – Affonso Romano de Sant'Anna
1170. Emma – Jane Austen
1171. Que seja um segredo – Ana Miranda
1172. Garfield sem apetite – Jim Davis
1173. Garfield: Foi mal... – Jim Davis
1174. Os irmãos Karamázov (Mangá) – Dostoiévski
1175. O Pequeno Príncipe – Antoine de Saint-Exupéry
1176. Peanuts: Ninguém mais tem o espírito aventureiro – Charles M. Schulz
1177. Assim falou Zaratustra – Nietzsche

Série Biografias **L&PM** POCKET:

Albert Einstein – Laurent Seksik
Andy Warhol – Mériam Korichi
Átila – Éric Deschodt / Prêmio "Coup de coeur en poche" 2006 (França)
Balzac – François Taillandier
Baudelaire – Jean-Baptiste Baronian
Beethoven – Bernard Fauconnier
Billie Holiday – Sylvia Fol
Buda – Sophie Royer
Cézanne – Bernard Fauconnier / Prêmio de biografia da cidade de Hossegor 2007 (França)
Freud – René Major e Chantal Talagrand
Gandhi – Christine Jordis / Prêmio do livro de história da cidade de Courbevoie 2008 (França)
Jesus – Christiane Rancé
Júlio César – Joël Schmidt
Kafka – Gérard-Georges Lemaire
Kerouac – Yves Buin
Leonardo da Vinci – Sophie Chauveau
Luís XVI – Bernard Vincent
Marilyn Monroe – Anne Plantagenet
Michelangelo – Nadine Sautel
Modigliani – Christian Parisot
Napoleão Bonaparte – Pascale Fautrier
Nietzsche – Dorian Astor
Oscar Wilde – Daniel Salvatore Schiffer
Picasso – Gilles Plazy
Rimbaud – Jean-Baptiste Baronian
Shakespeare – Claude Mourthé
Van Gogh – David Haziot / Prêmio da Academia Francesa 2008
Virginia Woolf – Alexandra Lemasson

L&PM POCKET
GRANDES CLÁSSICOS EM VERSÃO
MANGÁ

SHAKESPEARE
HAMLET

SIGMUND FREUD
A INTERPRETAÇÃO DOS SONHOS

FIÓDOR DOSTOIÉVSKI
OS IRMÃOS KARAMÁZOV

F. SCOTT FITZGERALD
O GRANDE GATSBY

MARX & ENGELS
MANIFESTO DO PARTIDO COMUNISTA

FRANZ KAFKA
A METAMORFOSE

JEAN-JACQUES ROUSSEAU
O CONTRATO SOCIAL

SUN TZU
A ARTE DA GUERRA

F. NIETZSCHE
ASSIM FALOU ZARATUSTRA